SUGGESTION

崎谷はるひ

幻冬舎ルチル文庫

CONTENTS

✦目次✦

SUGGESTION

✦イラスト・やまねあやの

✦カバーデザイン＝小菅ひとみ（CoCo.Design）
✦ブックデザイン＝まるか工房

Addicted to U

あがった息を整える合間に、身体《からだ》がゆっくりと離れていくのを秦野《はたの》はほんの少し寂しいような気持ちで感じていた。

「平気？」

「ん……」

さっきまでさんざん絡み合い、ひとつに溶けていたものが、いまは、ばらばらの形として存在している。喪失感に肌を震わせ、年下の恋人の指を誘うように秦野は目を伏せた。

「冷房、きつい？」

いや、と答えながら、なぜいつまでも冬のままでいられないのかとバカなことを思う。そうすれば、寒さのせいにしてすり寄ることもできるのにと、抱き合った後だからこその寂寞《せきばく》を噛《か》みしめながら真芝《ましば》に背を向け、身を丸めた。

さらりとした髪が枕に零《こぼ》れるのを追うように、真芝の長い指がそれを梳《す》いてくる。どこまでもやさしい、そんな手つきにどうしてかいらいらして、秦野は重い吐息をした。

手つきばかりでなく、近頃は声のトーンさえも変わったような真芝に、覚えるのは苛立《いらだ》ちばかりでもないのだが。

「明日、早番なんですよね？」

「うん」

続く言葉が予想されるだけに、振り返ることもできない。彼よりも一回り薄い肩に上掛けを被《かぶ》せられ、包むように抱かれてもやはり、苛立った。

(帰る、んだな)

週半ば、不定休の秦野とは違い、商事会社に勤める真芝は当然休みではない。そして彼の会社と自宅はいずれも、秦野の自宅であるマンションからは電車で小一時間はかかる場所にある。

決算期を間近にして、優秀な営業マンである真芝が忙しくないわけもないし、こうして平日に秦野を訪れて来るのは、いくら若く精力的な彼だとて、きついものもあるだろう。慌ただしく出勤させるのも忍びないと、いつでも早めの帰宅を促すから、ウイークデイの逢瀬《おうせ》はどうしても慌ただしい。

「先に、シャワー使っていいから」

寂しいけれど、なるべく負担になりたくはないから抱いてくる腕を軽く叩《たた》いて促せば、汗の引ききれないうなじを啄《ついば》んだ真芝はいつも、そっとベッドを抜け出していく。

「もう、少し」

なのにこの夜は、むしろ抱擁を深めて高い鼻先をすり寄せてくる。少し驚いて、その甘えるような仕草に訝《いぶか》れば、振り向いた秦野の小さめの唇へと真芝のそれが吸い付いてくる。

「ン……、どした？」

始まりが始まりだったせいか、このところ腫《は》れ物《もの》に触るように遠慮がちだった真芝が、こんな些細《ささい》なことでも強引に仕掛けてくるのは珍しかった。

出会った当初にはこちらを侮るような語気荒い発言も多かった真芝だが、まるで気持ちを請うように秦野へ告白してからというもの、彼の中では相当な変化があったようだ。

呼びかけや、言葉遣いさえ丁寧でソフトなものに変わり、それはいっそ面映《おもは》ゆいような感情を秦野にもたらした。

甘い声に紡がれるこちらを尊重した言葉たちに、横暴だったくせにいまさら、といった不愉快さは感じられない。惚《ほ》れた欲目だけでもなく、むしろ今までの真芝がどれほど無理をして偽悪的に振る舞っていたのかと知らしめるような、自然な口調だった。

「秦野さん」

うん？　と背後から頬《ほお》をすり寄せてくる真芝の乱れた髪を撫《な》でてやり、端整な顔立ちに目を細める。子供を追いかけ、屋外に出る機会の多い保育士の秦野より、基本的にはデスクワークや社屋内での会議がメインの筈《はず》の真芝の方が肌の色は濃いのは夏を迎えても変わらない。

（……あ）

肩口に零れた真芝の吐息が肌を震わせ、まだ燻《くすぶ》っている淫蕩《いんとう》な情動を揺らがせるから、秦野はそっと唇を噛む。

ため息に、色が付かないことを祈ってそっと上掛けに顎《あご》を埋《うず》めるのは、あさましい自分を隠すためだ。

（まだ……だって）

時間に追われてのセックスは、どうにも不完全燃焼な感じがするのだ。がっつくような年ではもうないと思うのに、真芝に開かれてからようやく一年といった身体の覚えた新しい愉悦は、日を追うごとに深くなって秦野を惑わせている。

抱き方が、変わったせいかもしれない。さまざまな事柄を越えて、はじめは身体だけだった関係が甘やかな変質を迎えてから、真芝の所作も抱擁も、どこまでもやさしくなった。それはそれでとても秦野をときめかせたし、長い間餓《う》えていた心の隙間《すきま》を埋める愛情を感じられて純粋に嬉《うれ》しいのだけれども。

（どうかしてる）

時間のなさだけでなく、やさしいばかりのそれに少しだけ物足りなさを感じる自分は、あさましいと思う。

「帰らなくて……いいのか？」

だからこそ、いつまでもこうして触れられていれば身体の疼《うず》きが収まらないから、宥《なだ》めるような声を出して腕を振り解《ほど》こうとするのに、今夜の真芝は離れていかない。

「帰った方がいい？」

「え……？」

低く落ち着いた声音《こわね》がどこか不似合いなほど拗《す》ねた響きを帯びて、珍しいと振り返れば伏し目した表情がそこにあった。憂いを帯びたそんな表情に弱い秦野は、どきりとする。

「どうかしたのか？」

緩んだ腕の拘束に身を返し、そっと両手で抱え込むようにした形よい頭は、ゆるゆると振られる。

「真芝……？」

言ってごらんと髪を撫でつければ、手首を摑《つか》まれ手のひらに唇を押し当てられる。くすぐったいと逃げようとして、けれどできずに肩を竦《すく》めれば、今度は正面から強く抱きしめられた。

「帰りたくない」

「なに……駄々捏《こ》ねて」

らしくない、と笑えば冗談ではなかったようで、顔を上げた真芝がじとりと睨《にら》んできた。

「秦野さん、最近冷たい」

「はあ……？」

あげく、思ってもみなかったことを告げられ啞然《あぜん》とすれば、ぽす、と勢いを付けて胸に顔を埋めてくる。

「最近……終わったらすぐ、背中向けちゃうじゃないですか」

「え……」

「それに、すぐ帰れって言うし」

それは、と困った表情になった秦野に、さすがに甘えが過ぎたと思ったのか真芝は口を噤《つぐ》み、諦《あきら》めたように身を起こす。

「すいません、冗談です」

「真芝……」

「気を、遣ってくれてるんですよね」

微笑《ほほえ》みは、少し哀しげに映った。ゆらりと、少し薄い色合いの切れ長の目が揺らいで、ずるいぞと秦野は唇を嚙む。

（そんな顔しやがって）

出会いからずっと暴君よろしく振る舞ってきたくせに、実際の真芝は妙に繊細で甘えたがりだ。おまけに寂しがりでもあって、案外にべたべたとくっついているのも好きで、だからこそ引きずられないようにと秦野は気を付けてきた。

「だって、明日も会社だろう？」

「そう、ですけど」

「ちゃんと寝てないと、会議もあるから忙しいって言ってただろう」

保護欲が強い自分を知るだけに、どこまでも年下の彼を抱きしめてやりたくなるからだ。

「それに……俺は」

それが度の過ぎた馴《な》れ合いになるのではないかという懸念にも繋《つな》がって、それ以上に。

「おまえと一晩一緒にいて、……ちゃんと、寝かせてやれる自信、ない」

求めすぎる自分が時々、怖いからだ。

「……え？」

思ってもみなかったことを言われたと、真芝の眇《すが》めていた目が丸くなる。

「は……たの、さん？」

途端に可愛《かわい》らしげに見える表情に、やはり年下なのだなあと妙な感心をしつつも、赤くなる頬を秦野は押さえた。

「あ、あのそれ、どう……」

「だって……いたら、したくなる、から…」

「し……」

したくなるって、とつられたように赤くなる男前を下から睨み上げる秦野は、自分がどんな表情をしているのかなど、まるで自覚していなかった。

「おまえこそ、最近、あんまり……」

「あ、あんまり？」

潤んだ目元を染めて、軽く唇を嚙んだまま上目《うわめ》に睨むその表情に、真芝が肩先を震わせた理由もわかっていないだけ。タチが悪いのは秦野の方かもしれない。

「ま、前みたいにひどくってんじゃないけど、その……ちょっと」

「……え？」

淡泊じゃないのかとはさすがに言えず言葉を濁したが、それは言わずもがなだっただろう。

（なにを言ってるんだ、俺は）

目を瞠《みは》った真芝に、我に返った秦野は、なんでもないと焦って上掛けを頭からかぶる。

「秦野さん、それって……」

「いい、もう、寝る！」

潜り込んだ布団越しに聞こえる真芝の声が、妙に嬉しげなのは気のせいではない。証拠に身体を拘束する力は強くなり、裾《すそ》の方からは手のひらが侵入しようとしている。

「ごめん、足りなかった？」

「言うなっ！」

穴があったら入りたいとますます丸くなる秦野の顔が羞恥《しゅうち》に染まっていくのに、抱きしめてくる男の気配はさっきと打って変わって上機嫌だった。

「ね……顔、見せて」

「いやだっ！」

布団の端を強く巻き込んで抵抗するが、踝《くるぶし》から這《は》い上がってくる指先に負けそうになる。けれど閉じ合わせた腿《もも》の間に手のひらが挟まれればもう、半ば落とされたも同じだった。

「……んっ」

「別に、寝なくたっていい」

力が抜けた指から上掛けをはぎ取られ、肩を引いて振り向かされ、もう意地も張れない。

「ひどいこと、さんざんしてきたから、やさしくしたかったんだけど」

「んあ……っ、あ、ゆび……」

そうして、さっきまで真芝を含まされていた場所がまだ濡《ぬ》れていることを、性急に忍んできた指が立てる音で知らされ、秦野はますますその顔を赤らめた。

「忘れるとこだった。秦野さん、結構やらしかったんだって」

「ばっ……誰の、せ……っあ、ああ！」

「俺のせい。でももう、遠慮しなくてもいいよね？」

嬉しそうに言って、この野郎と噛みつきかけた唇を逆に噛まれて、舌先に歯をくすぐられれば秦野の目にあった険しさはすぐに蕩《とろ》けてしまった。ふうっと身体がやわらいだと同時に、真芝の指を根本まで飲み込んでしまう。

「あふ……っあ、んあっあっ」

「欲しいなら、言ってくれればよかったのに」

「ん……んっ！　ま、し……っ」

うねる内壁が忙《せわ》しなく、真芝のすらりとした指を締め付けてはほどける。簡単に息が上がって、縋《すが》り付くように広い背中を両手で撫でながら秦野はほっそりとした脚を開く。

「欲しい……っ」

余韻の残る場所をとろとろと軽く掻《か》き混ぜられただけであっけなく身体は火がついて、早くとねだるように腰が揺れた。身体から落とされた関係だからか、欲望にはどこまでも弱くて情けなくて、それでも餓えているから止まらない。

「はやく……っ、真芝ぁ……！」

おおきいのいれて、ときつい口づけに呂律《ろれつ》の回らなくなった舌で幼げに促せば、程なく訪れるのは今では歓喜しかもたらさない真芝のセックスだった。

「あ……ああ……！」

「気持ちよさそう」

くすりと片頬で笑う男には先ほどの切なげな憂いの片鱗《へんりん》も見えず、いい気になるなと秦野はきつく締め付けてやる。

「っと……痛いって」

「う、るさ……っ、しゃべ、ってんなら、動け……っあん、あ……！」

焦《じ》れったい、と身体を揺すって先を欲して、勝手に感じては細い首を振る。

「激しいなあ、秦野さん」

「んっ！　……ん、んん……あ、あ、イ…っ」

ゆったりとしたストロークで抽挿《ちゅうそう》を繰り返されると、背中の骨に沿ってなにかが走り抜ける。含み笑う真芝が腹立たしいとは思うものの、もうどうでもいいとしなやかな脚を腰に絡め、腕を巻き付けた首を引き寄せ口づけをねだった。

「いい……あ、あっあっ…深い……っ！」

くらくらと燃え上がる身体を持て余しながら、淫《みだ》らな喘《あえ》ぎが止まらなくなる。たかが身体の一部を繋げるだけの行為が、どうしてここまでいいのかわからないと思いながらも、すすり泣くような声をあげて溺《おぼ》れてしまう。

「ああ、も……もっと、もっと……！」

「ねえ、俺のセックス好き？」

「あ、ん、そんな……っあ、ああっいやっ！」

問いながら、答えてと胸を噛まれて仰《の》け反《ぞ》り、脚の間では触れられないまま膨れ上がった性器をもみくちゃにされた。

「答えて。こうされるの好きでしょう？」

「す……っき、好き……っ」

突き上げるようにされながら弱い部分を弄《もてあそ》ばれ、秦野は身体中の痺《しび》れに耐えながら促される言葉に答えてしまう。

耳朶《みみたぶ》を嚙みながらの真芝の低い囁《ささや》きは、それだけで秦野を駄目にした。脳の中まで犯されて、もっと濃い快楽が欲しいと求めるだけの肉の器になってしまう。

「いじめてほしい？　もっと……ねえ」

「んー……っ、ん、いじ、めて……っ」

忙しなく息を切らし、背中を撫で下ろした手のひらで卑猥《ひわい》な律動を送り込んでくる腰を抱き、引き締まった尻から脚へと辿《たど》る自分の手つきがたまらなく淫らだった。

「悪戯《いたずら》しないで」

「や……やっ、あ！」

深く繫ぎ合わされたまま身体を起こされて、ほっそりと華奢《きゃしゃ》な身体は真芝の大柄なそれの上で身悶《みもだ》える。

「ひっ……上……や……っ」

「動きやすいでしょう？」

いわゆる騎乗位が秦野は好きではない。真芝の言う通りこちらが主体で動く羽目になるからだが、それは上手《うま》くできないからではなく、あまりに淫奔《いんぽん》な身体がすべて晒《さら》されてしまう気分に乱れすぎるせいだった。

「あっ……あっあっ……いや……！」

立てさせられた膝《ひざ》をもっとと強い腕に開かされ、いやらしく濡れた部分を真芝のきれいな目に暴かれる。

「見……な、見る、な……っ」

「見られるの好きでしょ」

「や——……！」

かぶりを振って、長い指で軽く弾《はじ》かれた胸の先からじんじんと疼くものが腰をうねらせるのを堪《こら》える。それでもろくに動いてくれない男に焦れて、結局はまた止まらない細い腰を回しながら、秦野は引き締まった広い胸を撫で回した。

「まっ……、ああ……動い…突い、て……！」

「こう？」

「あっ……もっと…ずんって……あう！」

ひくひくと白い腹を痙攣《けいれん》させながらねだると、望み通りの強い突き上げがもたらされた。ああ、と陶酔しきった表情で身体がくずおれ、真芝の肌に滲《にじ》んだ汗を舐《な》めながらもうどこにも力の入らない身体を揺らされる。

「あ……あ、ん、ああっんっいいっいいっ」

「ね、秦野さん」

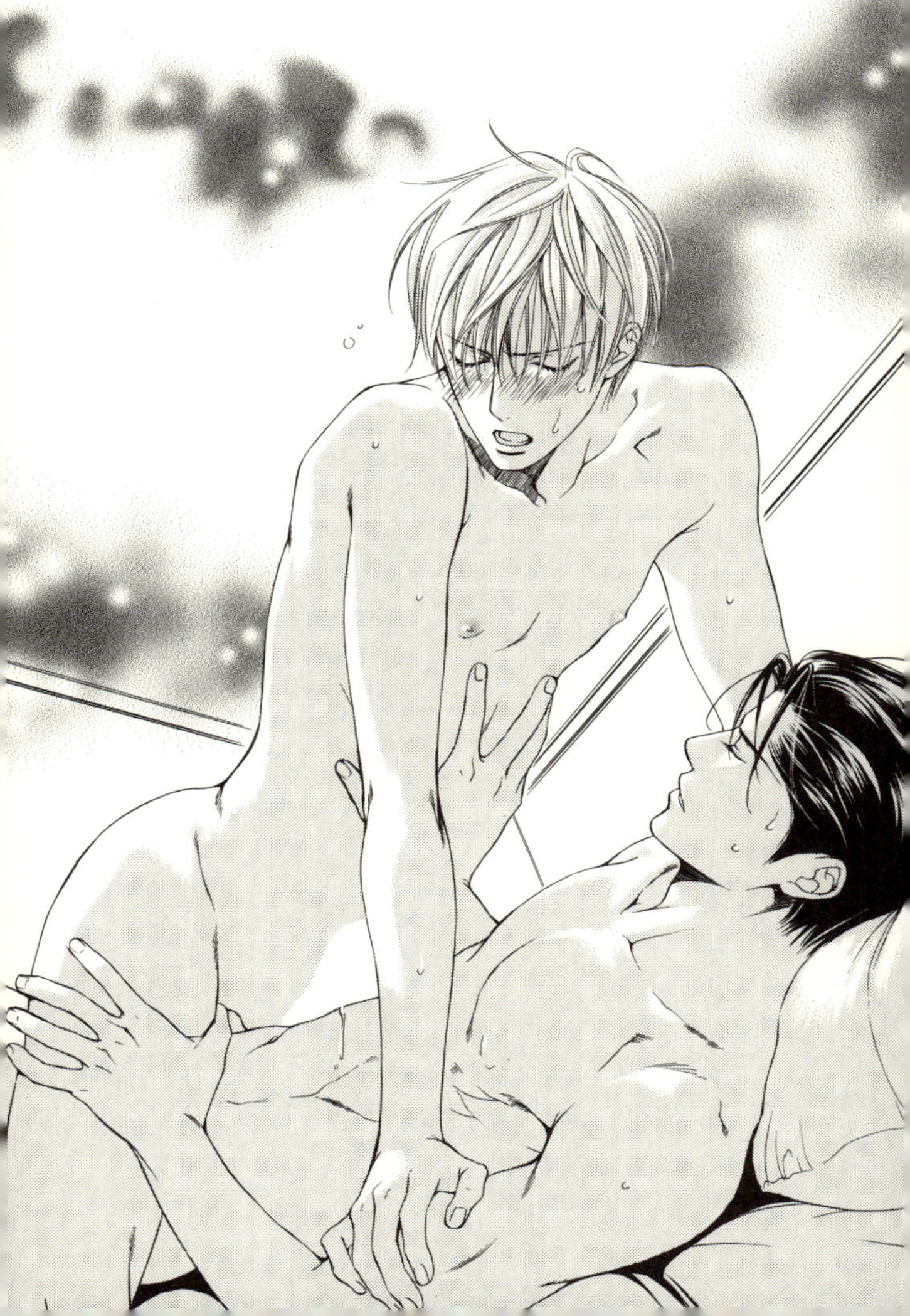

「ん、あ……なん、あ……っ」

聞いてるのかな、と苦笑しながらの余裕がむかついて、小刻みに震える尻《しり》を食い締めながら秦野もまた身体を揺らす。

「ん……ねえ、もういっそだから」

「あん、……ん、ん？」

「一緒に……暮らさない？」

その瞬間、ぴたりと反応の止まった秦野に真芝はこちらも動きを止め、下からじっと見つめてくる。

「ここ、手放したくないなら……俺が来てもいい？」

「真芝」

ふたりの間で、どうにも切り出しにくかった事柄をこんな時に言い出す真芝を軽く睨めば、しかし真摯《しんし》な目で見上げてくる彼は本気だよと言った。

「もっとずっと、一緒に……いたい」

帰りたくない、と甘えたそれと同じ声音で表情で、お願いだと真芝は秦野の手を握りしめる。じわ、と甘い痛みに似たものがこみ上げるのは胸の奥と、深く穿《うが》たれた淫らな場所で、秦野はわななく息を吐き出すしかない。

「ずるい」

「いや？」

「そんなわけない、けど……こんな」

こんな時に言われたって、なんだかどさくさ紛れみたいだと言いながら、疼いた身体を擦《こす》り付けるように秦野は広い胸に頬を寄せた。

「こんな時じゃないとはぐらかすでしょう？」

図星だっただけに、ぐずぐずと秦野は言葉を濁す。

「会社……遠くなるのに」

「秦野さんだって以前は通ってたんでしょう」

「だって」

そういうのは、おまえは嫌いだと思っていたと、口ごもりながら告げれば、どうしてと真芝は不思議そうに言った。

「俺、案外ベタな男ですよ？」

「う……そうだけど」

見た目のスマートさに反して、実は恋愛体質な真芝のことはいい加減知っているものの、それでもと秦野は眉根《まゆね》を寄せる。

秦野はいい加減、勢いだけでは踏み切れない年齢にはなっている。同性とのこうした関係も真芝がはじめてな分だけ、臆《おく》している部分も今更ながら否めない。

それは世間体《てい》や、モラルの面で感じる引け目ではなく、幾度も経験した別れにやはり、臆病になっている自分の心のせいだとはわかっているけれども。

「飽きたり、しないか？」

「え？」

彼の昔の恋人を見たことがあるだけに、今でも時々不思議になる。取り立てて派手な美形でもない自分などに、どうしてここまで真芝が執着するのかわからないと、いまだ拭《ぬぐ》えない不安が小さな痛みを覚えさせるのだ。

「生活って……慣れていくことだから」

「秦野さん？」

死別した妻とのあの穏やかさは、確かに秦野を心安らかにした。もとより、穏和で静かな時間は秦野の愛するものではある。

「毎日顔見て……同じこと、繰り返すように、なって」

けれども、真芝とやさしいだけの安穏とした生活を送るとなれば、今胸にあるこの激しい熱情が薄れたりはしないだろうか。

「俺のこと、つまらなく、ならない……か？」

そうなった時に、若く見目のよい真芝が誰か、もっと魅力的な相手を見つけて去っていくのではないだろうか。

（ずるいのは、俺か？）

去られるくらいなら、今の距離を保ちたいとどこかで無意識に思っていた。だから、そうならないように予防線を張って、相手のことを気遣うふりで駆け引きめいたものを無意識に仕掛けていた自分に嫌気がさし、秦野は微《かす》かに顔を歪《ゆが》ませる。その小さな顔を、そろりと包んだのは真芝の手のひらだった。

「俺……信用ない？」

「ちが……っ」

はっとして真芝を見下ろせば、困ったように笑っている。

「心配しなくても、相当しつこい性格してると思うんだけど……知ってるでしょう？」

ねえ、と覗き込んでくる目には怒りも失望もなく、知らぬ間に力のこもっていた肩からふっとなにかが抜け出していくのを秦野は感じた。

「離すな、って言ったでしょう」

「まし……あっ」

そうして、この一年の間に餓えた激情をぶつけるだけでなく、包むような愛情深い眼差《まなざ》しを覚えた青年は微妙に腰を揺らしてくる。

「あ、だめ……っ」

「いいって、言って」

言葉なくかぶりを振れば、意地悪く加減した揺らぎで真芝は追いつめてくる。今なにか言葉を発したら、それこそ彼の思うツボだと秦野は必死で唇を噛むけれども。

「ね、秦野さん」

やんわりとした手つきで開いた脚の間を、反らした胸を揉《も》みしだく愛撫《あいぶ》があまりに快く、吐息をすれば自然にその頑《かたく》なな唇はほどけてしまう。

「秦野さん……イイ……？」

「あう、っあ、ア――いっ」

「いいの？」

「や、それ、ずる……っ」

こんな状況では覚え込まされた言葉が勝手に口をついて出そうで、ひどいと組った腕に爪《つめ》を立てても真芝はにやにやと笑っているだけだ。

不安と意地で素直になれない秦野を、そしてことの始まりと同じようにまずは身体から陥落しようとする真芝のやり口は、あまり褒められたものではないと思う。

「んん、あっいや……っ、もっとっ」

「いいの？　ここ？　ねえ？」

それでも、起きあがった真芝にきつく抱かれて上下に揺すられて、もっと強くと背中に腕を回す自分がなにを欲しているのかなど、本当は秦野にもわかっているのだ。

「ね……言って」

「やっや……や、そこ、そこっ」

もっと奥に欲しいのに、わざとずらして焦らしてくるから、朦朧《もうろう》となった頭はこのまま載せられたふりで流されろと唆《そそのか》す。

「いいって言ったら、いいとこ擦ってあげる」

耳の中に、濡れた舌ごと言葉をねじ込まれれば、だからもう。

「ン……っ、ん、い……いいっ！　いい、からっ、……こす、って……！」

身体ごと引きずられて腕の中に落ちる方が、秦野にとってあまりにたやすく、抗《あらが》いがたい誘惑だった。

「好きだよ、秦野さん」

「ふあっ、いや……っ！」

得たり、と笑って囁かれればひとたまりもない睦言《むつごと》に背中を反らせ、送り込まれる卑猥な官能をしゃくり上げながら飲み込んだ。

「ああ、ああ、真芝……っ、あっ」

どこまで欲深くなるのだろうと思いながら必死に縋り付く指の先に、張りつめた真芝の肌の感触がある。それさえも淫蕩な熱を煽《あお》るから、この男なしで生きていくことなど、もうとうに自分ができなくなっていると思い知らされた気分だった。

「いや、抜いたらや……っ！」

「ちょっと待って」

腰を抱えられ強く引き上げられて、疼いてたまらないそこからずるりと彼がいなくなる。

ひどい、としがみつこうとすればシーツの上に倒されて、身体をふたつに押し曲げられた。

「……っあああ！　ああ！」

そのままいきなり深く入り込んでくる真芝がひどく大きく感じられて、挿入の瞬間にはもう達しそうになる。阻むように硬くなったそれの根本を押さえられていなければ、実際終わってしまったと思うほどの快感だった。

「んんっ、んんーっ、いき、いきたい……っ」

「じゃ……一緒に住む？　いいよね？」

「ん、ん、……んでも、い、からぁ…！」

許してと泣きじゃくりながら請えば、なんでもいいからじゃないでしょうと腰を引かれる。

「やぁっ、来て、ちゃん、……れてっ」

「じゃ、返事して」

そうして口を閉ざせば、また手ひどくいじめられた。お互いにもう、答えなどとっくにわかった上での言葉遊びに似たそれは、秦野をしたたかに乱れさせ、このところないほどに真芝をも追いつめたようだった。

「強情張るの？　これでも？」

「ん、ん、あああ……っいくっ、あ！」

抉《えぐ》るように腰を使われればろくでもない喘ぎ混じりの言葉ばかりが零れて、半狂乱で髪を振り乱す秦野に真芝はきつく口づける。


腰ががたがたになるまで抱かれた秦野は、唆すようなことを言ってしまった自分を深く後悔しつつ、翌朝を迎える。

「じゃ、今日帰ってきたら引っ越しの話、ちゃんと決めますから」

「……ううう」

そうして、妙に颯爽《さっそう》と仕立てのよいスーツに身を包んだ真芝が足取りも軽く出勤していくのを見送りつつ、ふと思う。

(同居して、飽きる飽きないとかってこと心配するよか——)

遠慮はいらないだろうと言い切った、あの精力的な男に付き合いきるだけの体力を、果たして自分が持っているかどうか。

「身体……もつかな」

そちらの点の方がよほど問題ではないのかと、痛む腰をさすりつつ、青ざめるのだった。

SUGGESTION

くぐもった喘《あえ》ぎが部屋の中に満ちる。軋《きし》みをあげるのはふたり分の体重を乗せたまま激しく揺れ続けるベッドのスプリングと、乾く暇もないほど汗を滲《にじ》ませた肌、そして駆け上がる心臓の鼓動。

荒く忙《せわ》しない息づかい。苦しさに耐えかね、秦野幸生《はたのゆきお》は大きく胸を喘がせながら口元を覆っていたやわらかな枕を握りしめ、押し上げた。

「ふあ、あああ……ん！」

途端響き渡ったのは濡《ぬ》れそぼった嬌声《きょうせい》で、思う以上の大きさには秦野自身も驚いたが、背後から腰を送りこんでいた男も同様だった。

「っと……大丈夫？」

「や、も……や、だめ、……いや」

汗ばんだ背中に引き締まった胸板が触れる。身体《からだ》を倒し、気遣わしげに覗《のぞ》きこんで来るだけの動きにも感じいる。惑乱したようにかぶりを振った秦野は涙目で背後の恋人を見上げた。

小刻みに震えた秦野を見下ろしたまま、やや意地悪に笑う真芝貴朗《ましばたかあき》は、整った顔立ちをしている。健康的に焼けた肌の色は年間を通して変わらず、整った顔立ちに精悍《せいかん》さを添える。

彼は秦野の身体などあっさりと巻きこんでしまえるほど大柄で、百八十センチを軽く超える長身に見合い、張りつめた筋肉は伸びやかな四肢のすべてに満ちていた。

手のひらも大きく、熱っぽいそれに撫《な》でられる肌はその形にやわらかにたわめられていく。

「まし、……真芝、も、それ……」

あまり硬い筋肉のつかない秦野の胸は薄く、そのしっとりとした皮膚に包まれた肉をやわやわと手のひらに揉《も》まれた。心をそのまま摑《つか》み取られ、やわらかに愛《め》でられるような愛撫《あいぶ》に、身体の芯《しん》まで蕩《とろ》けそうだと思う。

「なに？　……これ？」

「ふぁうっ！」

ぐりっと内壁を抉《えぐ》るように動かされ、反射的に秦野はきつく瞼《まぶた》を閉じる。悲鳴じみた声をあげたことを恥じて唇を嚙《か》みしめていれば、それを咎《とが》めるように腰の動きが早まった。

「あは、はっ、はあっはっ――ああ、あああん、あん……っ」

「我慢しないでいいのに」

弄《もてあそ》ぶように大きな手のひらに捕らわれた秦野の性器は、ぬめりを帯びて震え上がっている。長い指に根本を押さえつけられたまま、綻《ほころ》んだ深部を猛《たけ》ったものに擦《こす》りあげられ、堪《こら》えたあげくこぼれ落ちた声は淫《みだ》らにかすれていた。

「ひ、ああ、……あ、んーっ……！」

甘く高い悲鳴を発しているのが自分だと、秦野はしばらく気づくことができなかった。三十三になった男のそれとも思えない、悩ましく切れ切れになる涙声など聞かされて、背後の真芝が呆《あき》れてはいないのかと少し怖くもある。

けれどもそれが杞憂《きゆう》と知らしめるように、秦野が声をあげるたび、ぶるりと広い背中を震わせた男の性器は腹の中で膨れあがっていく。

「もっと、声出して、……言って」

「ああ、ま、しばっ、あっあっ⁉ あー……！ や、お、き……っ」

卑猥《ひわい》な恋人の言葉はむしろそれを煽《あお》り、律動のたび押し出されるように、秦野の小振りな唇からは嬌声が放たれた。伸び上がるようにその容積を増した熱いものが怖くて、それ以上に嬉《うれ》しくて、捩《よじ》れた腰の奥をさらに絞った。爛《ただ》れたような粘膜はずるずると音を立てて嬉しげに、男のそれを舐《な》めねぶるような動きをみせる。

「も、お……もお、いく……いき、たい」

「だめ、……言って」

腕にもう力が入らず、細い腰だけを高くあげて真芝に捕まえられている。恥ずかしい格好のまま激しく送りこまれる抽挿に粘ついた音を立てた粘膜は収縮を繰り返し、そのたび秦野の愉悦はひどくなっていった。

「ねえ、……いいでしょう、もう。いいって言えば？」

「や……だっ」

もう涙で開くこともままならない瞼の端へ口づけられ、甘い仕草に陥落されそうになる。ましてて視線が絡みあってしまえば、くらくらとなる頭を秦野は弱々しく振った。

おとなしげな顔立ちの秦野とは対照的に、真芝の容貌《ようぼう》はモデルめいた華やかさがある。くっきりと鋭角的な顎《あご》のラインは男らしく、形よい眉《まゆ》と高くすっきりとした鼻梁《びりょう》は意志の強さを滲ませる。

一言を告げて頷《うなず》けばそれでいいのにと、眉をひそめた男が覗きこんできた。

「一緒に暮らすの……そんなに、いや？」

「あ……」

間近に見れば少しだけ色素の薄い二重《ふたえ》のくっきりとした目は、真芝の感情に伴ってひどく甘くかわいらしくも、鋭く険しくもなる。そしてそのいずれも、胸が痺《しび》れるほどに魅力的だ。

「ねえ、いいって言って。頷くだけでもいいから」

印象的な目には聡明《そうめい》な光と、少しきつい性格を顕《あらわ》す鋭さが混在しているが、秦野を見つめる瞬間だけ、そこにひどくやわらかいものが混じることは、もう知っている。

（……だめ）

ひっきりなしに送りこまれる強烈な愉悦にも身悶《みもだ》える秦野は、真芝から強く向けられた慕わしい視線にいっそ耐え難いまでの愛《いと》おしさを覚えた。

「秦野さん……？」

囁《ささや》きかける声は低く、鼓膜を震わせて甘く胸に落ちる。ひそめればどこまでも淫らになるその声音《こわね》にぞくりとして、秦野は小さく震え上がった。

もう、どこもかしこも溶けきっているのだろう。だからこんなに濡れて、涙も汗もそして淫猥《いんわい》な体液さえ、身体中から溢《あふ》れて止まらないのだ。

肌も、心もなにもかもを、その眼差《まなざ》しの前にさらすことにはもはや衒《てら》いもなく、それでもどうしてか、希《ねが》う言葉に頷いてやることができない。

甘い快楽に蕩けていた意識がふっと冷めて、少しの気まずさと共に秦野は目を伏せた。

「……強情」

「ひいっ⁉」

途端、のしかかった男の気配は険悪なものになる。次の瞬間にはシーツに擦れていた乳首をきつく抓《つね》られ、同時に性器も熱い手のひらに握りしめられた。

「んんあ、あ、いた……っ、あ！」

痛いと思った端から背筋を這《は》い降りるタチの悪い官能に飲みこまれ、秦野は細い腰を激しく揺らめかせる。体内に満ちた行き場のない快楽が、背筋を駆け抜けて脳まで焼きつくすようだ。

「まし、……やだ、も……いや、だっ……！」

しゃくり上げシーツにしがみつく秦野の、ほっそりとした小柄な肢体も、強すぎる快感に泣き濡れて困惑を浮かべた顔立ちも、本来の年齢から十近くは若く見える。

「いや、じゃないでしょう……ここ、こんなにして」

「だ、め、……あっ、ひ、ひあ……っ」

普段はあたたかい象牙《ぞうげ》色をしたなめらかな肌、その背中までを赤く染め、ひどいとなじる秦野の目が濡れたさまはあまりに哀れで、それでいてどこまでも艶《なま》めかしい。

「そんな顔して……俺がいじめてるみたいでしょ」

「んん、いじめ……っる、だろ……!?」

泣き濡れて腰を捻り、乱れた髪を頬《ほお》に貼《は》り付けて喘ぐ姿はあまりにも淫らだ。普段が清潔に控えめな印象を与える秦野だが、一度乱れればひどく激しい。

そのギャップが細い身体に満ちた淫蕩《いんとう》さをことさら強調するのだと、秦野は自覚していないけれど、惑わせるような媚態《びたい》に背後の男は舌打ちをした。

「もっと、なか……もっと……っ」

「……ったく」

真芝が苦々しく吐息するのも、その無自覚なタチの悪さにはまっているからにほかならない。だが、それを知らない秦野は「ずるいな」と言われて一瞬、なんのことかと目を丸くする。

「ずる……の、そっち……っ」

挿入されたまままずるずると快感を引き延ばされて、つらいのはこっちだと秦野は言いたかった。

男に抱かれてぐずぐずになる、その感じ方も喘ぎ方も、すべて真芝に教えこまれた通りのものだ。こんないやらしい自分を引きずり出したのは真芝の方なのに、それで苛立《いらだ》たれても秦野には知ったことではない。

「おれ、俺のことこんなにしたの、おまえじゃんか……っ」

そもそも体格でも相当な差のある真芝とは、基礎体力が違いすぎる。童顔で若く見えるとはいえ、自分より五つも年下の相手の精力的なセックスにつきあうにはやはり、限度があるのだ。

「もう……つらい、真芝ぁ……!」

このままでは快楽を得るどころか、疲れて本当に苦痛を覚えてしまいそうだ。そんな後味の悪いことにはなりたくないから何度も哀願しているのに、真芝はやはりため息をつく。

「わかった、わかりました。だから、もうそんな顔しないで」

泣かれては勝てない、そう言いながら苦さを堪えて笑う表情に、ずきんと秦野の胸に痛みが走る。

「話はもう、……またでいいから。泣かないで」

最近よく見せるようになった、少し抑制の効いた真芝の笑顔にはひどく弱い自覚があって、激しい鼓動を刻む胸が震えたのと同時に、奥深く真芝を飲みこんだ粘膜もきゅうっと甘く窄《すぼ》まる。

「その代わり、顔見ながらしていい？」

「……う」

強気に出られれば拒めるけれど、甘えられてしまっては勝ち目がない。秦野よりはるかに長身の、しかし癇性《かんしょう》で我《わ》が儘《まま》な年下の男に秦野が覚えているのは、どこかしら不似合いなまでのかわいげだ。

職場でも保育士仲間に「ゆき先生は甘すぎてだめ」と苦笑されるほど、秦野は子どもには弱い。

（そんな顔しやがって）

秦野も自身の甘さは重々わかっている。野性的でありながら端整な容姿に、拗《す》ねた子どものような顔をして見つめられると、諸手《もろて》をあげて甘やかしたくなる自分が悪いのだ。

真芝のその少年の顔が、本当は、甘える手段を知ったずるい大人の男の手管《てくだ》と知っている。

それでも上目に、あのきれいな色浅い目で見つめられれば、拒めない。

「こっち向いて……キスしながら、いっぱい入れてあげるから」

「う……んっ、ん、んあ……っあっ、あふ」

繋《つな》がったままの身体が痛まないよう、細い脚を抱え上げて慎重に体勢を入れ替えられる。一度抜いてからの方が楽なのはわかっていたが、離れたくないと訴えたのはむしろ、秦野の身体の方だ。

「そんなに、締めないで、って」

「あ、だ、……だって」

背中にシーツが触れて、濡れた肌が宥《なだ》められるような感覚に、秦野は汗だくになっていた自分を改めて知る。覆い被《かぶ》さってくる広い胸に額をつけて、気恥ずかしいような甘い感覚を噛みしめながら背中に腕を回した。

「目、閉じたらだめ」

くすりと笑った真芝の声の甘さに、かっと頬が熱くなる。ついで瞼にも潤んだ熱が走り、譲らせたからにはそれくらいはと思った秦野は、おずおずと上目に恋人の顔を見た。

「……っ、あ」

「ん……?」

次の瞬間、細く頼りない声が漏れていく。びくり、と背中が反り返って、少しも動かない真芝のそれを誘いこむように腰が揺らいだ。

「こっち見て、秦野さん」

秦野の唇を包みこんでしまう、肉厚で情熱的なそこからひそめた声がする。少しくぐもった響きになるのは皮膚の際《きわ》で触れあったまま囁かれたせいで、もう声も出ないまま秦野はその視線に意識のすべてを搦《から》め捕られた。

「いや、や……っ」

「うん？」

壊そうと思えばいつでもできるだけの力を持った腕が、決して秦野を痛めつけないよう慎重に触れているのがわかるから、こんなに震えてしまうのだ。指先から伝わってくるやさしい気配にこそ乱れて、秦野は必死に目を凝らしながら揺れてしまいそうな身体を堪えた。

「だめ、も……だめ」

「なにがだめ？」

胸の中で繰り返していたはずの言葉は、熱を帯びた視線に吸い寄せられたのか無意識に発せられる。語尾が震えて、それを吸い取るように口づけられれば、必死になって舌を伸ばしたのは秦野の方だった。

「して、も、……もっと」

「キス？」

「ちが……っ、も、さっき、……さっき言った、やつ」

息を切らしてしがみつき、濃厚な快感をねだる。少しインターバルを置いたせいか、先ほどの疲労感は既に去り、代わりにこみあげてきたのは餓《う》えるような焦燥だ。

「あれ、……して」

せがむ言葉を必死に紡いで、笑いながらはぐらかされればたまらずに、膝《ひざ》を立てほっそりとした腿《もも》で真芝の腰を挟みこんだ。

「キスしながら、……いっぱい入れて？」

「んん……！　……動いてって、も……動けよ……！」

笑った真芝に高い音を立てて唇を啄《ついば》まれ、足りないと目をきつくしながら秦野は言い放つ。

挑発と哀願の入り混じった視線に、真芝も少し笑みの色を変えた。

「じゃ、ご希望通りに……」

「う！　んんっ、いぃっ……！」

燃えるような目に険しいものが一瞬よぎって震え上がるより先、ベッドを軋ませる激しい律動が秦野に襲いかかる。脳の奥まで痺れるような衝撃が走ったけれど、それは痛みのせいではなかった。

「っ、あ、きもちい、……っあ、いい、すご」

「……ったくもう」

言葉遊びのように、しかし本気を孕《はら》んで真芝が頼みこんだ時には決して口走らなかったそれに、抱えこんだ膝頭を噛んで男が笑う。

けれど、揉みくちゃにされるような愛撫をほどこされながら喘ぐ秦野はもう、半ば意識も保てない愉悦の中で溺《おぼ》れるばかりだ。

「いい、そこ、お、奥のとこ、つい、突いて……っ」

赤くなった胸の先を震わせながら泣きじゃくり、じっと愛おしい男の顔を眺める。

普段は撫でつけている真芝の前髪が乱れていて、艶めかしさを感じると同時に汗ばんだ目元を覆っているのがいやだとも思う。

わななく指先を、秦野は伸ばした。頬の汗を拭《ぬぐ》った指先を嚙まれながらじっと見つめられ、射《い》貫《ぬ》かれるようなそれに震え上がるような歓喜を覚える。

「あ、んっ……あ、も……と」

頭上で揺れる、鋭く整った顔立ちを見ているのは恥ずかしくもあるが感じてしまう。

「ん？　ここすき？」

好きと答えながら、肉のぶつかる音がするほどの抽挿《ちゅうそう》の合間、嚙まれた指を肉厚の唇に含まれる。無意識に自分の唇を舐めれば、同じように真芝の指先をしゃぶらされた。

「んふ、う……っんん、ん……っ！」

指の先に感じているばかりでは、堪えきれなくなったように深く口づける。引き寄せたのか奪われたのかわからないまま、何度も互いの口腔《こうこう》で舌先を行き来させ、ほどいてなお先端を絡めあって早くなる律動に息を弾ませた。

「まざ、ちゃう……っ、も……溶け……っ」

「ああ……中？　すごいね、ぬるぬる」

意味不明の声をあげれば淫らに囁かれ、ざわざわと耳語されたところから広がる悪寒に似た痺れ。

ひくひくと喉《のど》を震わせ、狂おしい情動にかぶりを振りながら摑んだ逞《たく》ましい腕に爪《つめ》を立てる。痛むのかほんの少し顔をしかめ、それでも笑った真芝の表情に、ただ眩暈《めまい》のするような陶酔を覚えて秦野は見惚《みと》れた。

「あ！　あ！　あ！　……き、てっ、もっと、も……っ」

自分で腿を抱え上げ、もっと深い挿入をねだる。そうしながら見せつけるように、濡れそぼって限界を訴えた自分のそれを握りしめた。濡れた声も媚態も、真芝が一から教えたものだから、淫らさをさらしてしまうことへのためらいや恥ずかしさは、既に秦野にはない。

「秦野さん……秦野さん、あんまりかわいい声出さないで」

うっとりとするほどの低い快い声を耳元に吹きこんだ真芝の満足そうな表情、それだけで羞恥《しゅうち》もなにも吹き飛んでいく。本来の身体の機能や性癖を無視してなお、痛烈に愛されて欲しがられることへの喜悦は強い。

「やばい、壊しそう……止まらない」

「ああ、も……壊してい……からっ」

言葉通り、ねっとりと濡れた場所をかき回すものがさらに激しく熱くなり、それは摩擦の熱によるものかそれとも真芝自身の体熱なのか、もはや秦野には判断できない。

ただ熱炉のようにどろどろになった場所は既に綻びきって、純度の高い官能だけが爪先《つまさき》まで満ちている。気化熱に乾くより早く肌には汗が噴き出して、互いの皮膚の境目さえもわからない。

「い、う……もう、いくう……！」

「も、少し……ね？」

卑猥な水音が奥まった場所から響いて、硬くなめらかな真芝から滲んでくる体液を、粘膜に塗りこめるような動きになにがなんだかわからなくなった。

そこから先はただ促されるまま、秦野も必死に腰を動かす。ただ早く早くとそればかりを思って、じわじわと腫《は》れあがったような粘膜で必死に男の性器を啜《すす》った。

「はや、早く……っま、あ、あっあっあっあっ！　も……だめ……！」

「中？　外とどっちにかけてほしい……？」

朦朧とする中、ちりっと耳朶《みみたぶ》に痛みを感じたあと問われた、淫靡《いんび》にすぎるそれに、わかっているくせにと悲鳴で答える。

「ぬか、抜かないで、なか、全部出して……かけ、て……っああ！」

叫んだ瞬間には熱の塊のようなものが体内ではじけ、秦野の中に激しく飛びこんできた真芝のそれは、内壁にぶつかるようにしてどろりと蕩けた。火傷《やけど》しそうな激流を感じて腹部がびくりびくりと数回痙攣《けいれん》する。

「あ……あ……っい、く、いくってるっいく……！」

がくがくと顎を揺らしながら、秦野もまた自分の指先で握りしめたままの性器から粘ついたものを撒《ま》き散らす。到達する瞬間を越えてもしばらくは真芝は腰の動きを止めず、互いの放埒《ほうらつ》をすべて終えるまで淫らに身体は揺れ続けた。

「はふ、あ……」

かくん、と糸の切れた人形のようにシーツに倒れこみ、秦野は深く長い息を吐いた。荒い息のまま身体を重ねてきた真芝の息が耳元にくすぐったい。

「ん……っ」

一瞬急激な睡魔に襲われて目を閉じるが、覚醒《かくせい》を促したのは熱っぽい口づけだ。続けざまの行為は無理だとかすかに怯《おび》えて首を振れば、汗を滲ませたままの真芝は苦笑を浮かべる。

「しないけど。もう少し、このままいい？」

こめかみが痙攣するほど動悸《どうき》がひどく、ここまで手ひどく追いこまれたのは久々だとぼんやり思う。脈のひどいそこを宥めるように髪の生え際に口づけられ、勘違いを恥じた秦野は目を伏せる。

甘ったるい所作にも汗のひかないままの抱擁にも、拒む理由はなにもなかった。ずきずきと脈打って疼《うず》くままのそこに、まだ真芝のそれは挟まっている。それでも、尻《しり》の奥を開かれることに慣れた柔軟な身体は痛みもしないままだ。

「——重い、真芝」

本当は、身体の上の男に体重をかけないようにされているのは知っていた。身長差で十センチ以上ある真芝が本気でのしかかってくれば、華奢《きゃしゃ》な秦野はたぶん呼吸もできない。

「ああ、すみません」

だからそれは照れ隠しのようなものでしかないのに、あっさりと詫《わ》びて長い腕をつき、上半身を起こした男に、身勝手な寂しさを覚えた。

「ふ……」

ぴくりと震え、まだ敏感に竦《すく》むままのそこから、ゆっくりと真芝が抜き出されていく。小さな音が立って、その感触にも水音にも赤くなり、うっかりあがりそうになった声を秦野は喉奥で殺しながら、ふと思う。

(こういうとこ、すごいやさしい)

近頃の真芝は行為のあと、急に身を離したり強引にそれを抜き取ったりということをしない。神経が剝《む》き出しになったような状態の秦野の身体が驚かないよう、できるだけ自然にクールダウンを心がけているようで、そうした部分でも彼の思いやりを感じられて嬉しい。

時折、以前の彼の行動とのギャップに驚いたり、その理由に思い至って気恥ずかしく感じても、やわらかく包みこむような愛情はただ甘く、渇いていた心に染みこんでくる。

かつては突き放すようだった言葉遣いも年齢差を考慮してか敬語へと変わったが、別段不自然なものはなかった。声音から皮肉さや虚勢が取れ、やわらかな響きを帯びているからだろうか。

むしろ必死に距離を保とうとしていた頃より、丁寧な呼びかけをするいまの方が深い情を感じさせる。言葉とは結局、発する方の心ひとつの問題なのだろうと、真芝を見ていて秦野は思う。

「喉、痛くない？　身体は？」

逆に、時折崩れる真芝の言葉にどきりとするような近さを感じて、甘いせつなさを感じるほどだ。覗きこむように見つめてくる彼は年下の遠慮と男の強引さを同居させていて、くらりとするほどの艶めかしい気配を見せつける。

「平気だから」

気遣いを見せる真芝に腕を伸ばして、そろりとすり寄ってみせる。自分から離れろと言っておいての行動に矛盾を知りつつ、触れていたい気持ちには抗《あらが》えない。真芝もそれを指摘したりはせず、ただ長い腕でくるむように抱きしめてくるから、ますます離れがたくなってしまうのだ。

戸外では身を切るような風が吹く真冬の夜、放熱する時間を終えると、やはり肌が冷えるのは早い。そればかりでなくぬくもりを求めあうよう抱きあった自分たちを思えばふと笑いがこぼれ、気づいた真芝が切れ長の目で問う。

「なんでもないよ」

かすかに笑んだまま、一年と少し前の記憶を辿《たど》るように、秦野はあたたかな胸へ唇を押し当て目を伏せる。孤独だったかつての自分と、すれ違っていた時間の痛ましさを少しだけ苦く感じながら唇を綻ばせれば、薄い肩を手のひらが包みこんだ。

(こんな風にする男なんて、なあ)

ここしばらくの真芝は、過ぎるほどにやさしい。かつて自身が傷つけた分を取り返そうとするかのように、なににおいても秦野を優先して、精一杯の愛情を傾けてくれる。

いまも、小さく思い出し笑いをする秦野に目顔だけで心配を訴え、決して無理に踏みこもうとはしない。それでもありありと「気になる」と言いたげなのがわかって、秦野はついに相好《そうごう》を崩した。

「最初は痛かったのになあと、思っただけだ」

「すみません」

からかうつもりで告げたのだが、思うより神妙な顔をして謝られ、秦野の方がひやりとする。深まった抱擁に、軽く宥めるよう広い肩を叩《たた》けば、痛いほどの力で抱きしめられた。

体温の高い真芝の肌は熱いほどだった。女性のそれしか知らなかった秦野に、骨が軋むような抱擁も硬い感触の胸もすべて、真芝が教えた。

「まだ……許してはくれない？」

「そうじゃなくて」

ふたりがこうなったきっかけは褒められたものではない。酔った勢い、道ですれ違っただけの秦野を、自分をふった男と同じ名前だからという理由だけで真芝は犯し、脅すようにして関係を強制し続けた。

「わかってる、俺が悪いんだって」

「真芝、だから怒ってないって」

最悪のはじまりといってもよかったけれど、真芝がどれほど悪辣《あくらつ》に振る舞おうとなぜか秦野は怒れなかった。自分でも不思議なほどに。

同性に惹《ひ》かれる人種がいることも、世間話として知ってはいたが実感としてよくわからなかった。秦野の身の回りにそういう手合いもおらず、だから却《かえ》って妙な偏見もなかったのだ。

意外なまでにあっさり状況を受け入れたのは、自身に対し、秦野が過剰な自意識を持っていなかったこともあるのだろう。容姿も性格も至って普通で、むしろ地味なほどだと、卑下するのではなく秦野は自分を判断していた。

第一、若さもそろそろ尽きる頃合いだ。どこにでもいるような三十すぎの男になど、好んで手を出す手合いがいるとはとても思えなかったし、八つ当たりされているのだろうとも知っていた。

だから、苛立っている真芝もいずれ落ち着けば、こんなことには飽きるだろうと諦《あきら》め、ずるずると身体だけの関係を続けてきた。そのうち真芝も、自分の行動のばかばかしさにきっと気がつくだろう、そう思い続けて。

「あなただけなんだ……許してくれなくても仕方ないけど、でも」

しかしその時期、暴君めいた顔で振る舞っていた真芝はいま、秦野の薄い胸に縋《すが》るように顔を伏せ、怯えるように震えた声を漏らす。抱きしめてくる腕は強く、そこにこもる力が暴力でも逃避でもないと、もう秦野も認めている。

「真芝……」

整髪料を使っていないままのさらりとした髪を指で梳《す》いて、秦野は蒸し返すような真似をした悪趣味な言葉を反省した。

いまここでこうして抱きあっているのが、求めあう情があってのことだと知っていても、過去のあやまちを当てこするようなことを言うべきではなかっただろう。

(いい気になってないか？　……俺)

真芝から、一緒に暮らしたいという申し出を受けたのは、今回がはじめてではなかった。

もう何度か互いの間ではその件が持ち上がり、そのたびやんわりと躱《かわ》すばかりの秦野に焦《じ》れた真芝が、夜半のベッドで嬌声混じりの言質を取るなどという行為もたびたびとあった。

それでも翌朝になれば、セックスの最中のことなど覚えてないとの一言で、毎度押し切っているのは秦野の方だ。責められるべきはどちらなのか、言うまでもないことだろう。あの頃のことを口にすれば、真芝がそれ以上を言えるわけもない。秦野を傷つけながら、一番苦しんでいたのはたぶん、真芝の方なのだ。それを知っていたくせにと、どこか気のゆるみを感じて秦野は臍《ほぞ》を噬《か》んだ。

「ごめん。いやなこと言ったな、俺」

無言でかぶりを振る真芝に、哀しげに眇《すが》めた目で見つめられれば胸がつまる。そっと削げたラインの頬を両手に包んで、あやすような口づけを秦野は贈った。

「そういうんじゃない、けど……同居の件は、少し、待って」

「わかってます」

やわらかく触れあうだけで唇を離し、すまなそうに告げた秦野へ、真芝はゆるくかぶりを振る。

「いまは仕事忙しいし……まだそこまで、考えられないんだ」

秦野の勤め先は私立保育園だ。人手も足らずそこそこに仕事は忙しい。

真芝と出会った頃にはまだ保育士資格を持っておらず、見習いとして勉強中だった秦野は先日、難しかった試験に合格した。保育園勤めで実務をこなしつつの勉強も大変ではあったが、スタートが遅い分それも仕方ないと考えている。

「来春からは年少組を受け持つことになったし、なんだか気が回らなくて」

そもそもが学生時代には経済専攻で、卒業後にはすぐ商社勤めになった秦野は、まったく幼児教育や保育については素人《しろうと》だったのだ。

転職には、子ども好きが高じてというばかりではない、いくつかの苦い事情が絡みあっている。それだけに秦野は必死でもある。すまないと告げれば、そういう理由なら仕方ないと真芝も吐息して引っこむほかにないようだ。

「まあ、それは頑張ってほしいけど」

大手企業であるS商事に勤める彼であるから、仕事の煩雑さでプライベートに気が回らないと言えば理解はしてくれる。

だが理解するのと感情が納得するのは別のようで、真芝は少しの苛立ちと、飲みこんだ言葉を堪えて眉間《みけん》に皺《しわ》をよせた。

自分の口にした言葉が、どこか言い訳めいているとわかっているだけに秦野の気鬱《きうつ》は重い。

誤魔化すように笑ってみせて、逞しい肩に額を擦りつける。

「おまえも鎌田《かまた》さんの下じゃあ、大変だろうけどな」

「鬼ですよ……あのひと」

秦野がかつて勤めていたのは真芝の現在勤めているS商事だった。当時の上司が偶然にも、いまは真芝のいる部署のトップとなっており、その厳しさを知るだけに真芝の疲労も想像がつく。むっすりと呟《つぶや》いたのがおかしくて、くすくすと喉を震わせながら秦野は問いかけた。

「企画開発、どうだ？」

「どうもこうも……この間までいいように企画書突っ返してたとこに放りこまれたから、いまはやりにくいことこの上ないですが」

長引く不況を受けた社内の組織改革で、秋口に真芝は営業部署の内部で四課から、企画開発課へと異動になっていた。

「マーケティングで飛び歩いてるばっかりだけど……現場が見えるのはおもしろい、かな」

いままでとまったく違う部門の仕事に最初は目を回していたようだが、生来仕事は好きな方なのだろう。じゃれるように秦野の肌を撫でつつも、ふっとその目は真剣な光を帯びる。

「いくつかのブランド導入を検討してるんですけど、穏健派とちょっとぶつかって――」

（いい顔するなあ）

もとからの造りの端整さもあるが、熱を帯びた口調で仕事の話をする真芝は見惚れるような表情をしている。おそらく社内にいる時にはもっと険しく、そして生き生きとした表情を見せているのだろう。

仕事中の真芝に思いを馳《は》せる時、秦野の胸は苦しくなる。秦野と真芝がこんな関係になるきっかけを作った男はまだ、彼の傍《そば》近くにいることをどうしても思い出すからだ。

（あいつも、……井川《いがわ》もそれを見てるのかな）

井川悠紀夫《ゆきお》という青年は、真芝と同期でありまた、彼の学生時代からの恋人だった。現在は自身の性癖を偽って、社内の実力者の娘と結婚している。

その結婚に至るまで、真芝は井川の裏切りをまったく知らなかったらしい。そうして傷つけられ、偶然出会った「ユキオ」という名前の男——秦野を、苛立ち紛れに強引に犯したのだ。

一度だけ、秦野は井川と対峙《たいじ》したことがある。勢いで真芝を挟み、揉めたあの日。秦野へと憎しみを正面からぶつけてきた男はすらりとうつくしく、人目を引く華やかな顔立ちをしていた。

若さと自身の容貌とを充分に自覚し、それを押し出していけるような井川は、事情を知らなければ単純に見惚れるほどにきれいな男ではあったのだ。

秦野は、だから時々不思議になる。たとえ同性しか愛せないというハンデを差し引いても、真芝は十二分に魅力的な男だったし、たぶんいまでも相当にもてるはずだ。

ましてあの井川のあとでどうして自分を本気で愛そうなどと思ったのだろう。

「おまえもなあ……なんで俺なんかに、そんなに」

「なんかじゃないでしょう」

自嘲《じちょう》気味に、五つも年上の男よりももっと、若くて見栄えのする相手がいるのではないかと秦野が呟く。しかしその言葉にこそむっとしたような真芝は、真剣な顔で秦野が恥じいるほかにないような言葉を告げた。

「秦野さんは、もう少し自分のこと自覚したっていいんだ」

確かに井川に比べれば、秦野は特別目立つ方でもないだろう。しかし真芝が咎めた通り、実際には彼自身が思うほどに地味な造作をしているわけではないのだ。

年齢を聞けば大抵のひとが驚くほど少年めいた印象のある秦野は、おとなしげで目立たないけれども、実はかなりな美形の部類に入る。

繊細な顔立ちにやわらかな物腰と表情は、少しの頼りなさと甘さ、そしてなにより安心を見るものに与える。彼が保育園の同僚や保護者たちに人気があるのは、なにも人当たりがいいせいばかりではない。

「なに言ってんの、おまえ。自覚って、なんだ？」

だが、とにかく秦野本人はおのれの見た目にまったく頓着《とんちゃく》していなかった。きょとんとしたまま、意味がわからないと首を傾《かし》げた秦野に、真芝は苦いような声で呟く。

「まあ、いいんですけどね……わかってなくても」

吐息混じりの言葉とは裏腹に、真芝はその目を剣呑《けんのん》にした。もの言いたげに、秦野を幼げに見せるなめらかなラインの頬を撫でる手つきの甘さを感じて、秦野の肌が小さくさざめいた。

「保育園でも変な女に目をつけられないか、いい加減俺は気になってるのに」

「相手は人妻ばっかりだろう。少し頭冷やせよ」

呆れかえって平たい声を出せば、しかし真芝は食い下がる。最近知ったことだが、地を出した真芝は独占欲が強く、秦野が思ってもみないところで悋気《りんき》を燃やしたりする。

「同僚の先生は独身もいるでしょう、この間も飲み会に誘われて」

それはもともとゲイではなかった秦野が、いつ女性の方がいいと言い出すかに怯えているせいもあるらしいのだが、秦野にしてみればまるで見当違いの心配でしかないのだ。

「真芝……ちょっとしつこい。ありゃ懇親会だぞ、保護者も園長もいたんだ」

嫉妬《しっと》深いのは嫌われるぞと言外に告げて吐息すると、真芝はばつの悪い顔をして押し黙る。

本音を言えば、妬《や》かれるのも案外と秦野には心地いい。真芝の与えてくるストレートで濃厚な愛情は、渇ききった秦野の心にも溢れるほど注がれて、ひび割れていたなにかが補われるような気分にさえなるのだ。

「すみません」

しつこいと怒られてしゅんとなる姿に秦野は思わず笑った。きつい顔をすれば怖いくらいの切れ長の目が、こんな瞬間には犬のように丸くなるのだ。

「悪かった。機嫌……なおせよ」

「ちょ……！」

そっと、長い脚の間にあるものへ指を伸ばした。教えこまれた愛撫のやり方で指を蠢《うごめ》かし、すぐに持て余すような量感をたたえたそれに無意識に唇を舐める。

「許してなかったら、こんなこと……してやるわけ、ないだろ」

「は、たのさ……」

突然のそれに真芝は少し驚いて、そのあと小さな声を漏らし、強く腰を抱いてくる。だが、噛みつくように口づけてきた男は、広い胸をそっと押して体勢を入れ替えた秦野にさらに目を瞠《みは》った。

「こんなのも……おまえだから、するんだから、……あ」

膝を開いて引き締まった腰をまたぎ、秦野はその指で尻の奥を広げる。淫らに過ぎるような光景に、真芝がごくりと息を呑《の》むのがわかって、羞恥と愛おしさに笑みがこぼれた。

「無理は……」

「してない、無理じゃない。したい、これ」

先ほどまでさんざんにされていた場所は、軽く真芝のそれをあてがっただけで呼吸するように口を開いた。ずるりと先端を飲みこんだあとには腰を落とし、一息に迎え入れる熱は秦野の声を奪う。

「……き」

駆け上がっていく情欲に喘ぎ、蠢いた唇は、好きだ、と声のない言葉を発した。ゆらゆらと揺れていた身体がやがて、下からの突き上げを与えられて反り返れば、喉を震わせる哀切な悲鳴も放たれる。

「あ、……や、怖い……っ」

そのいずれも、真実だ。好きすぎて怖い。それが秦野の本音かもしれない。

しかしなぜそんなにも怯えてしまうのかと問われれば、答える言葉を探しあぐねてしまうのだ。

曖昧《あいまい》で理由のわからないそれと、真《ま》っ直《す》ぐに向きあうことは、まだできそうになかった。

＊　＊　＊

「また、逃げちゃったなあ」

長く睦《むつ》み合ったあと、少しひりつく肌にシャワーを浴びながら、ぽつりと秦野は呟く。行為で陥落させようとした真芝の行動を逆手にとって、完全に身体で誤魔化したのは秦野の方だった。

別にもったいをつけるようなことでもないと思うのだが、なぜか同居だけは了承できないのだ。

——どうしてもだめですか……？

はぐらかすたび、つらそうに顔を歪《ゆが》める真芝に申し訳なく思い、それでも秦野は頷いてやれない。

不幸な事故に妻と子を奪われ、もうじきまる六年が経《た》つ。凄《すさ》まじい喪失感にうちのめされ、それでも空っぽのまま生きてきた秦野に、真芝がもたらしたのは、骨から蕩けそうな快楽と、それを裏付けるような深い情念だ。

肉親の縁も薄い秦野にとって、ひとの情とは手のひらからさらさらとこぼれ落ちていく、砂のように頼りないものだった。だからこそ、真芝の差し出すそれをしっかりと摑み取るのが怖いような自分の臆病《おくびょう》さにも、気づいている。

その怖さを埋めるように、肌を合わせる時間には必死に縋りついてしまう。相手の背中に爪を立てて腰を振って、それでもまだ足りずにいっそ嬲《なぶ》るように犯されてしまいたい時がある。

逃げてもまだ追ってくれるのかと、悪趣味にも確認しているかのようで、そんな自分を嫌悪する。だから乱れ、悶えながら泣いて感じることで、ずるさを咎められたようでほっとするのだろうか。

「秦野さん？」

「う、ん？　な、なに」

激しかった時間を思い出しながらぼんやりシャワーに打たれていれば、浴室のドア越しに当人の声が聞こえてどきりとした。

「いや、長いからのぼせてないかと……大丈夫？」

心配そうなそれに、平気だと答えようとしてふと、秦野は悪戯《いたずら》に笑う。

「だったら一緒に入るか？」

冗談のつもりで告げたそれに、しばらくの間沈黙があった。少し浮かれた言いざまだった自覚はあったし、引いたかなと自身を反省していれば、ややあって喉に絡んだような声が聞こえた。

「あの、……本気？」

「確認するな」

どうやら扉の向こうにいる男が照れたらしいことに気づいて、秦野の方が恥ずかしくなる。

（ちょっとこれはいくらなんでも）

なにを新婚夫婦のようなやりとりをしているのかと、年甲斐《がい》のなさを恥じていれば、ばさばさと服を脱ぐ気配があった。

「も、もうすぐ出るから」

「だめですよ。言ったのそっちだからね」

そのまま、当然ながら全裸で浴室に踏みこまれ、焦ったのは秦野の方だ。逃げようとしてもうまくなく、そのまま長い腕に抱きこまれた。

「なんで逃げるの」

「う、……うるさい」

赤くなった顔を見られるのは耐えきれず、唇を嚙んでそっぽを向くと頭上からはくすくすという笑いが聞こえた。

「かわいいなあ、秦野さん」

「三十すぎの男にそれはどうなんだ、おまえ」

甘ったるくて背中が痒《かゆ》くなりそうな声も抱擁も、自分には似つかわしくないと思うけれど、しかし秦野は本気で呆れているわけではない。それに、真芝の放つこの手の睦言も気恥ずかしいような触れあいも、いい加減慣れる程度には時間が経った。

（実はべたべたするの、好きなんだよな……こいつ）

出会ってから長い間、ただいたぶるためだけのように秦野に接し、やさしくするまいと自分を抑えこんでいたような真芝は、驚くくらいに変わった。

そもそもがどちらかというと恋愛体質で、相手を甘やかし自分も甘えたいと感じるタイプだったらしく、苦笑がこぼれるほど甘ったるい態度や言葉を惜しまない。

疲労と物思いに浸るまま、まだ洗髪を済ませていなかった頭を長い指に洗われつつ、慰撫《いぶ》するような手つきにほっと秦野が息をつけば、笑みの中に苦いものを潜ませた真芝がぽつりと言う。

「気を遣ってるんでしょ」

「なに……」

「同居の件。無理強いする気はないし……あんまり、気にしないでください」

物わかりのよさそうな言葉に、秦野は苦笑する。焦ってはいないと言いながら、それでも数日もすればこの男は「で、どうなんですか」と話を蒸し返すに決まっているのだ。

真芝は生来気長な方ではないし、鷹揚《おうよう》な性格もしていない。それを知るだけにどれほど真芝が我慢しているのかを思うと、どうしても笑いがこみあげた。

「なんで笑うの」

「なんでもない」

秦野の表情を見てとって、むくれた顔をするのがその証拠だろう。

どうにか譲歩を見せようと思いながらも、自分のままならないことに短気を起こすあたりは相変わらずだが、それは以前のような暴君めいた恐怖を与えるものではない。

「真芝。……」

むしろその素直な表情には息苦しいほどの愛おしさを覚えるから、言いかけた言葉さえも口にできないままの秦野は、背の高い男へ伸び上がって唇をよせるのだ。

ここまで許しあうまでに、紆余曲折《うよきょくせつ》があって、ありすぎて。言葉でも身体でも気持ちを確かめあったけれど、やはり確証が欲しいのか、真芝は少しばかり我が儘な部分も見せてくることがある。それがここしばらくは同居の一件に集中しているようだ。

いまのこの時間は、自分が身勝手な感情を押しつけただけなのかと、真芝がそんな風に怯えているのも知っている。応えてやりきれない、自身のずるさも同時に自覚するから、胸が苦しい。

「愛してます」

「うん……」

甘い言葉がなぜか苦しそうに響いて、濡れた髪を梳く秦野の指は宥めるようなやさしさを帯びる。

できるなら、彼に似合いの堂々とした顔だけをさせていてやりたいとは思う。それでも自分のことで胸を痛める真芝の表情は、秦野に後ろ暗い喜びをもたらすのも事実なのだ。

「俺も……好き」

秦野自身久しぶりの——もしかしたらはじめてかもしれない、濃厚な恋愛に溺れている自覚はあった。本当は少し不安げな彼に同じ言葉で応えるべきと思いながら、まだそこまでは口に出せない。

それでも不器用なたった一言を告げるだけで、途端にやわらかく笑み崩れる真芝をかわいらしくも、艶めかしくも思う。

「……ん」

煌々《こうこう》と明るい浴室の中、満ち足りた気持ちのまま絡ませあう舌先は、欲を孕まずただあたたかく、互いの情を確かめあうようなやさしいものになる。

それでも、どこか足下が頼りないような不安が残って、広い背中に縋る秦野の指は、無意識の力がこめられた。

＊　＊　＊

週が明けた。真芝は朝早くに出社していったけれど、このところ月曜の秦野は保育園のシフトを休みにしている。

ひとりの休日は久方ぶりで、特別予定もないままだった。さてどうするか、と案じた秦野は空いた時間を持て余し、つくづく無趣味な自分を痛感する。

（あいつがいれば、メシ食うだのなんだの連れ回されるんだけど）

つきあいが密になってまず一番に変化したのは、余暇の過ごし方だっただろうか。

この数年、秦野は自身の娯楽のために出かけたことなどなかった。男は三十もすぎれば皆、仕事か家庭に重きを置くようになる。たまの休みは家族サービスか接待で、友人と交流することなど皆無に等しく、そうなれば独り身の秦野にお呼びがかかるわけもない。

ごくたまに同僚や、学生時代の友人からの誘いがあれば外食や飲みに出向くこともあるけれど、年に一度あるかないかの出来事で、それも大抵は冠婚葬祭か保護者懇親会という、催

しごとのついでがほとんどだ。

だがここしばらくの間、暇を持て余した記憶があまりない。それは大抵真芝の姿が傍らにあるからだ。また営業という、ある種情報戦を強いられる仕事に就いていたせいか、あの年下の男の趣味は案外に広かった。

都内に住んでいれば滅多に乗り回せないし維持費がかかるのもばからしいと、自家用車は持っていないが運転は好きなようだ。ごくたまにレンタカーを利用してドライブに行くこともあれば、流行の映画を観ることもあった。

むろん部屋の中にいてなんとなく話をしていることも多かったし、かつては秦野も彼と同じ会社にいたため、社内の人間模様について聞かされれば懐かしい思いを噛みしめるのも楽しかった。

セックスのみを目的としていた関係ではじまったことを、真芝はいまでも少し気にしている。その埋め合わせをするように、過分なまでにやさしくされているけれど、おそらくはこれが本来の真芝の姿なのだろう。

やや短気ではあるけれど基本的に陽気で、気遣いが細やかだ。思い返せば、強制的に抱かれていた時期にもあえて秦野を痛めつけたり、嬲るようなことを言いながらもひととしての尊厳までを貶《おとし》めるようなことはしない男だった。

芯《しん》のところは繊細で、やさしいのだろうと思う。ただ、ひどく傷つけられたせいでそれをうまく表せずに、苛ついていただけなのだ。たがのはずれたいまは、とにかく秦野に尽くすことが嬉しいらしく、あまりのかいがいしさに苦笑がこぼれてしまうほどだ。

そうして、徐々に慣らされている自分をも、秦野は自覚している。あの広い背中が見つけられないだけで、恐ろしく頼りなく感じるほどには、真芝の存在に馴染んでいるのも、もうとっくに認めるしかない。

「ぼうっとしててもしょうがないか」

物思いにふけりそうな自分を叱咤《しった》して、ともかくと立ち上がった。冬の晴れ間は貴重で、たまった洗濯物を片づけるには最適だろう。ついでに普段は行き届かない場所の掃除を行うことにした秦野は、まずは寝室へと赴いた。

金曜日からの三日間、ほとんどの時間を過ごしたシーツは見るも恥ずかしい状態になっていた。とはいえ、実は真芝と寝るのも久しぶりではあったのだ。

不定休の秦野と真芝の休みが重なることはさほどなく、よほど示し合わせない限り連休をともに過ごすことはできない。秦野の体調や都合にまったく配慮しなかった以前ならばともかく、疲労のひどい受け身のセックスをすることについても、いまでは真芝はひどく気を遣う。

その分だけ久しぶりの行為には熱がこもって、年甲斐もなく秦野も乱れたことは否めない。羞恥に顔をしかめつつ、まずはその大物を洗濯機でやっつけながらあちこちに掃除機をかける。

　こまめにやっているつもりでもやはり普段の家事には手抜きが出る。ソファの下にたまった埃《ほこり》や台所の油汚れを始末しながら、ぽつりと疲れた呟きがこぼれた。

「広いよなあ」

　ひとりで住むには持て余すような3ＬＤＫのマンションは、秦野には広すぎるのだ。おまけにその空間に慣れていた頃にはともかく、ここしばらくは自宅にいる時間は大抵、大柄な男がうるさいくらいにまとわりついている。

　真芝が去ったあとの部屋は、どこか寒々とした印象があって、小さく秦野は震えた。

　換気のために開けっ放しのベランダからの風が冷たいのだと、誰にともつかない言い訳を胸の裡《うち》で呟きながら、誤魔化すのはいい加減無理も感じている。

「同居か」

　カバーをはずした布団を干し、洗い上がった洗濯物を広げながら、ふと呟きがこぼれた。

　自分でもなにをぐだぐだとためらっているのか、わからない部分もあるのだ。

　現在ではほとんど秦野の家に真芝が泊まりこんでいるような状態であるし、半同棲といっても過言ではない。この日の夜にも、会社からそのままこちらに来ると真芝は宣言していて、自宅マンションに戻るのも、ほとんど着替えを取りに帰るためだけのようになっている。

「年度替わりも来るし、なあ」

そろそろ真芝の賃貸マンションも契約更新の時期が来るようで、春までには結論を出したいというのもわからなくはなかった。

秦野に娯楽がないのも、ただ誘いが減ったというだけでなく金銭的な問題もあった。年齢が上がればそれなりに遊びにも金がかかるし、その時間も余裕も、秦野にはない。やんわりと断るうちに声がかからなくなったというのが、本当のところではあるのだ。

秦野自身はつましい暮らしで充分であるし、特に不満もないのだが、それでも真芝にはそれがどうも痛々しく思えるようだ。

——もう少し、秦野さんは、自分の時間を持ってもよくはない？

ただマンションのローンを払うためだけ働いて寝るだけに見える、そう言われてしまえば確かに、真芝と出会う以前の秦野は娯楽もなく、その通りの生活しか送ってはいなかった。

現在の秦野の収入ではマンションのローンを支払うのが精一杯で、それも相当な年数がかかってしまう。秦野がS商事に勤めていた六年前、商社の営業といえば花形のエリートサラリーマンで、若さの割に収入も相当にある方だった。またさして派手に暮らす方でもなく堅実な性格から、積み立てた預金は相当の額になっている。

そのまま勤めていればローンも無理ではなかったのだが、転職してしまった以上仕方ない。不動産売買も芳《かんば》しくない昨今、買い換えも難しく、支払いをどうにか続けているものの、当時の預金を切り崩して賄《まかな》っているのが現状でもある。

同居して、家賃をその分真芝が入れれば、少し楽になるだろうと言うのだが、その申し出に、どうしても首を縦に振れない。

その態度に、まだ許されていないのかと哀しげになる真芝を痛ましくも思い、またタチの悪いことに胸がときめくような思いもするのだ。

顔立ちがはっきりしているだけに、萎《しお》れた表情をすればひどく哀れなものになる彼は、苦渋に満ちた姿でさえもさまになる。つらそうな吐息をこぼせば、細い腕の中に囲いこんでずっと髪を撫でてやりたいと思う、そんな気持ちがどこから来るのかなど、いまさら分析するまでもない。

それでもまだ、正面からそれを抱きしめてしまうのは怖いのだ。理由のわからない不安感が背中に重くのしかかって、もっと近くにと引き寄せる長い腕に躊躇《ちゅうちょ》してしまうのはなぜなのか。

（いやなわけじゃ、ないんだ）

秦野としても、傍にいて窮屈に感じることのない真芝であれば別に、同居を了承してもかまわないとは考えている。

ならばなぜ、あれほどの熱情をストレートに見せてくれる真芝に頷いてやれないのか――。

「なにが、怖いんだ……俺は」

居間からはじめて廊下まで一通り掃除を終え、掃除機のスイッチを切った。そしてふと見やったのは、この六年開けたことのない、かつて結生子《ゆうこ》が使っていた部屋の方向だった。

「真芝が引っ越してくるとしたら、ここしかないよな」

施錠したまま一度として、それこそドアノブにさえ触れたこともない扉の前に立ちつくし、きりきりと痛む胸を秦野は押さえる。

同居しようと言われて、反射的に秦野はためらった。自分でも驚くほどに、その否定的な感情は強くて、どうしていいのかわからなかったほどだ。

「なんで、あのとき、うんって言えなかったんだろう?」

はじめは、少し急ぎすぎだと感じた。次には、生活をともにすることで飽きられるのが怖いのだろうと思って、最終的に考えたのは、長いこと結生子のためだけの空間であったこの場所を明け渡すことに、罪悪感を感じるのかということだった。

「結生子さん。俺……どうしたらいいだろう」

情けなく呟いて、物言わぬ扉に額をつける。

夫婦の寝室を共同にしないでおこうと言ったのは、当時多忙な営業マンで帰りの遅い自分を待ち、結生子が眠れないでいると可哀想《かわいそう》だと感じたからだ。

彼女は趣味の高じた翻訳で時に仕事をすることもあったから、書架などもそれなりに揃《そろ》えてやっていた。このマンションの中で最も広い、日当たりのよい部屋を与えて、できるすべてを結生子に捧げたかった。その時に覚えた真摯な気持ちは、真実だった。

その思い出の部屋を開放し、別の誰かに譲り渡すのが惜しいのか、それとも——長く開くことさえしなかった扉を開け、いまさらに結生子がいないことを実感するのが、怖いのだろうか。

いくつもの疑問と仮定は秦野の脳裏をよぎり、けれどそのいずれもしっくり来ないまま、ただ惑っている。

理由があるから、同居しないのではない。真芝に対しての——口にするにせよそうでないにせよ——言い訳を、同居しないための理由を、必死になって探している自分がいた。

「なんで俺は、こんなに……ためらってるんだろう？」

真芝を好きだと思う。あの直情な性質も、激しいまでの性格も容姿も、なにもかもひっくるめて愛していると——さすがに言葉にはできないけれど、思っている。

けれどどこか、自分の中に線を引いたままであると自覚もしている。その理由はわからず、いたずらに自分を持て余すような気分になるのだ。

こんなにも、誰かに焦がれたことなどないからかもしれない。

情動の幼かった時代には恋愛に関して淡泊だったし、それまであまり縁もないまま結生子に出会ってしまったのも大きかっただろうか。

年上だった結生子は、少し哀しいくらい澄んだ目をした、うつくしいひとだった。

本当の親の顔を、結生子は知らなかった。年も十ほどしか変わらない江木《えぎ》のもとに養女となるまで、口に出せないほどの辛酸を舐めただろうことは、物腰や聡明な言動の向こうに薄く透けていた。

秦野もまた、若くして両親を亡くしている。その痛みに、互いの寂しさに共鳴したように、はじめて会った日から惹かれあって、縋るように愛し合った。

そっと手を繋ぐようなやさしい情を交わした彼女は、秦野の憧《あこが》れで、すべてでもあったのだ。しかしそれが、男女の熱情というよりも、なくしたものを埋めるような情愛であったことを、最近になって秦野は悟っている。

年齢以上に達観して、穏やかにやさしい彼女がその目を燃えるように輝かせるのは、義父の江木に対してだけだった。その愛情の、報われない哀しさを知って、だからせめて一緒にいようと、秦野は細い寂しい手を取った。

「いまならもっと、話せることも……あるのにな」

思いを口に出さなくても、なにもかも理解しあえていたような結生子と、ひとつだけ分かち合えなかったのはその、一途で哀れな情熱だけだ。想い続けてかまわないから傍にいようと告げた日、結生子の目が哀しげだった理由も、いまようやく秦野は理解できる。

真芝へとみっともないくらい執着してしまう、胸の奥に深くよどむような情念は、秦野が知らぬまま憧れた、結生子の目に宿る炎と同じものだ。

「でもまあ、こんな話、できるわけないか」

あり得ない仮定に笑ってしまう。そもそも結生子が生きていれば、真芝とのこんな関係もなかったのだ。まして、夫が男に恋い焦がれていると聞かされれば、彼女はただ面くらうばかりだろう。

生きている自分と、結生子は二度とともに歩くことはない。事故のあと、しばらく秦野はその事実を受け入れられなかった。

写真や私物など、彼女を、そしてふたりの間に生まれ、ほんのわずかな間しか生きられなかった子どもを思わせるものはすべて処分した。彼女がいなくて、宝物のように大事な、まだ名前をつける前だったふたりの子どもが消えてしまったこともつらくてつらくて、耐えられなくて。

「あんなに哀しかったのに……薄情かな」

時間はゆるやかにすぎ、秦野の抱えた慟哭《どうこく》をも包んで押し流していく。近頃結生子を思えば、ただ懐かしさだけがよぎることに、寂しくはあっても仕方ないとも感じるのだ。

けれどもし、真芝が同じように消えたら、自分はどうするだろう。結生子と同じように、見るもつらいとそのすべてを封印してしまえるだろうか。

「……っ」

想像して、ただそれだけで涙が出るほどに苦しくなり、秦野は両手で顔を覆って呻《うめ》く。

「できないなあ」

骸《むくろ》になったそれさえ手放すのが惜しくて、ただ縋っているかもしれない。危うい想像には昏《くら》い嗤《わら》いがこぼれ、不健康なそれを秦野はため息で振り払った。

目を閉じて、開くことのかなわない部屋の向こうを、結生子がいた日々の情景を思い出す。

採光のいい部屋の片隅、鎌田が結婚祝いにと贈ってくれたライティングビューローに向かって、長い髪を編んだ結生子の周囲には、彼女の愛したたくさんの本が詰めこまれた、背の高い書架があった。

——ゆきさん、おかえりなさい。

夢中になれば秦野の帰宅さえ気づかずに、振り向いて照れ笑いをする、うつくしいひと。

「もう……なにもない」

目を開き、ただそこには空っぽの空間を閉ざすだけの扉があることに、秦野は自嘲を漏らす。

夥《おびただ》しい量の蔵書は、捨てるにも難しく江木の申し出で、彼のいる実家に送り返した。彼が希望しただけでなく、そもそもそれらの本は一部、江木のものでもあったからだ。

ここにあるものはいつか、誰かに返すことになるのだろうか。

手にしたすべてがすり抜けていくことに、あまりにも秦野は慣れすぎていて、だから、自分だけのものになると言いきった男を受け入れきれないのかと思えば、少し哀しい。

「あなたのいた部屋に、……真芝を入れても、いいんだろうか？」

そうやって真芝で満ちたこの部屋が、ふたたび、なにもない空間になってしまうことがないと、言いきれるだろうか。

なんの関係もない、いい年をした男ふたりがいきなり同居するとなれば、世間的にどう見られるのかという点も気になった。

「あいつ、その辺考えてるのかなあ」

真芝はそのあたりが時折剛胆にすぎて、秦野の方が慌ててしまうこともあった。社会的に立場のある、そして前途もある真芝に、こんなことで躓《つまず》いてほしくはなかった。それ以上に、世間に咎められて引き離されるような羽目に陥ることこそが、秦野は怖いと思う。

真芝のことをまだ、あの井川も諦めていないだろうことは想像に難くないのだ。いまではもう未練もないと真芝は言いきっているし、秦野の前で名前を出すことさえないけれど、それはそれで怖いような気もした。

あの彼にもう一度と、真芝が強く請われたらどうなるのだろう。井川でなくとも誰か、自分よりももっと真芝にふさわしい相手が現れれば。

それでなくても、互いの情がもしも冷えきってしまったなら。

(俺もあんな風にきっぱり……忘れられるのかな)

離すな、とせがんだ日のことを忘れたわけではない。真芝から離れることも、考えるのもつらいとさえ思う。

だが、急《せ》くように距離を詰めようとする真芝こそが、焦りを感じているようにも思えるのだ。

「俺はなんでこんなに……怖いの、かなあ……？」

信じていると思う端から恐ろしくなり、細い肩を抱いて秦野は立ち竦《すく》む。

昨晩、浴室でじゃれあうように幾度か啄《ついば》みあって見つめあえば、頭上から降りそそぐシャワーの雫《しずく》が真芝の精悍な頰を濡らした。

顎を滴って落ちるそれに、きりきりと張りつめるばかりだった彼の涙を思い出して胸がつまる。

――あんたの子ども、俺が産めたらいいのに。

そしたら全部、幸せにできるのにと泣いた彼のあの一言で、秦野の心は決まったのだ。

真芝が身勝手な感情で虐《しいた》げてきた秦野の過去を、鎌田から教えられてしまったのだと、彼の口からは後になってから聞いた。家族を失い自失して、亡くした子どもの分もとそう思い立ち、商社マンから保育士へ転身したことも、既に真芝は知っている。

だからこその、あの甘さなのだろうか。秦野が抱えた喪失感を埋めるよう、言葉も態度もすべて秦野を尊重して、必死にやさしくしようとして。

（ほんとに……必死、って感じで）

それが嬉しくもあり、同時になぜか哀しいのだと、秦野は複雑な笑みを浮かべて広い背中を抱きしめ続けた。

ほんの少しすれ違ったなにかを、指先に触れた肌から感じ取ってしまうから、ことさらに、やさしさばかりを見せたいのかもしれなかった。

真芝はやさしい。過ぎるほどにやさしくて、それが贖罪《しょくざい》から起きる気持ちではないのかと、ふと疑ってしまうことがある。

「結生子さんも、こんな気持ちはあったかな……？」

あの当時、結生子が秦野に向けた、理由のわからない哀切な眼差しの意味を噛みしめ、秦野は震える。江木を好きでいていいのだと許した自分へ、もの問いたげに目を細めて、けれど微笑《ほほえ》むだけだった、結生子の心は、いまではもう永遠にわかりようがない。

「ひとを好きになるのは……怖いね、結生子さん」

迷って、怖がって、苦しい。不慣れな感情だからこそ振り回されて、自分が変わっていく。どんなに恐ろしくても、真芝と離れたくはなくて、さりとて踏み切れるだけの強さもないまだ。

六年の間空っぽの部屋の扉を開けることさえできず、惑うばかりの秦野は長いこと、そこに立ちつくしていた。

＊　＊　＊

秦野と真芝の同居問題は、あの連休から二週間以上が経っても結論が出ることはなかった。あまりしつこく食い下がって気まずくなるのもどうかと遠慮するうちに、真芝は秋口から滞っている懸案事項にかかりきりになり、しばらくは秦野とまともに会うこともできないでいた。

（疲れた）

定例である水曜の会議はさんざんで、部署異動に伴い新しく与えられたデスクに戻り、ぐったりとした顔色を出さないよう必死で真芝は背筋を伸ばす。

かつて在籍していた四課では担当取引先への繋ぎ営業がメインだった。要するにルーチンワーク的に見積もりなどの数字を出し、安定した契約先との交渉や契約更新を行うことがメインの、割合ぬるい部門だ。

対して企画開発では販路そのものの開拓からはじまり、契約するブランドや商材で「これぞ」というものを探し出さなければならない。

社外社内に同時に働きかけ、相手を納得させるだけの材料と数字を提出しなければならないのだが、今回の社内プレゼンは真芝が代表して発表したため、凄まじい突き上げをくらったのだ。

（あっちを立てればこっちがって勢いで、好きなこと言いやがって）

上層部からはそんな金は出せないと言われ、新規販社には条件が厳しいと食いつかれて、真芝は疲労困憊《こんぱい》している。

そこに追い打ちをかけるように、きりきりと張りつめた声が聞こえてきた。

「真芝さん、先ほどの会議のことでちょっと」

「はい」

現在真芝が担当し、打ち合わせを詰めているアパレルブランド『ミリオン』からの代表として、会議の席でも辣腕《らつわん》を振るっていた嘉島千瀬《かしまちせ》の声はひんやりと乾いた響きがする。舌打ちしそうな感情をこらえ、真芝は営業用の笑みを浮かべたが、頓着なく千瀬はすぐ本題に入った。

「事前の打ち合わせとは商材の展開に違いが出ているようなんですが」

「その点については先ほど説明した通りかと思うんですが——点数が揃わないという話になれば、こちらとしても縮小するほかには」

「——ちょっとお待ちいただけますか？」

責任の所在を自社に向けられた瞬間、ひやりと千瀬の気配が研ぎ澄まされる。見た目は日本人形のようにしんなりとたおやかだが、ミリオン次期社長とうたわれるこの才女は恐ろしく切れ者だ。

「先に必要な数字を提示されたのはそちらでしたはずですが？」

「変更については追ってご連絡申し上げているはずですし、担当の方にも確認は済んでいます」

「この会議の数時間前に、ですね。いいでしょう。それは私への連絡が悪かったとしましょう」

やや苦しい言い訳なのは真芝も知っていた。途中で条件変更したのはこちらであり、千瀬の言うことの方が筋は通っているのだ。内心冷や汗をかいていれば、さらに彼女は畳みかけてくる。

「それでは値入率の件です。こちらの企画書と営業部からいただいた書面で違いが出ている点については、どうお考えの上のことですか？」

「それは……重ねてお詫び申し上げます。再度、営業を通して返答させて頂きますので」

会議中にも涼しい声で、しかし鋭く切りこまれたミスに真芝は一瞬喉をつまらせたが、どうにか冷静さを取り繕った。完全に社内のネゴ不足から起きたことだけに、言い訳のひとつも浮かばない。

凛《りん》としたたたずまいの千瀬は表面上声を荒げることこそしないが、いやな点ばかりを次々とつつかれて真芝は苦いものを喉奥に飲みこむしかなかった。

「あえて申し上げますが、私どもの方からこちらに売りこんだわけでない以上、これ以下の条件では難しいことはおわかりですね？」

真芝が現在任されているのは、社内ではいままで弱い部署とされていた、国内商品の商材展開だ。催事に小売卸、いずれにしてもルートの弱体化した部分を立て直すには、人気ブランドとの契約をなんとしても取り付けなければならない。

言うまでもなく、現状日本のアパレル界で幅をきかせているミリオンはその目玉になる。真芝から話を持ちかけてここまでにこぎ着けたからには、些細《ささい》なミスや条件の折衝で挫《くじ》けたくはなかった。

「むろんです。私どもにとっても、また嘉島さんにも、納得のいく仕事にしたいと思っています」

真芝自身を値踏みする――それは男としてではなく、仕事の能力の上でのことだ――ような鋭い視線が、千瀬のうつくしく切れ長の目から発せられ、内心ひやりとしながらも真芝は笑んでみせた。

言いにくいことをはっきり言う女だ。しかしもってまわって媚《こ》びられるよりはいい。

一歩も引かないと正面から見つめてくる涼やかな目は、どこか秦野に似てきれいだとも思った。女性は恋愛の対象でない真芝だが、千瀬にはやりにくさ以外に少しの慕わしさを感じるのは、この凛々《りり》しい目のせいなのだろう。

「その上で再度、検討させて頂きたいと思います」

「わかりました。では、よろしくお願いします」

外まで見送ろうとした真芝が促すよりも先に、上質なスーツを纏《まと》い絹糸のような髪を結った女は背中を向けた。その態度は、余計なことはいらないからさっさと案件を進めろというようだ。

千瀬の華奢で、しかし迫力ある姿が完全にパーテーションの向こうに消えて、ようやく気の抜けた真芝は机に顔を伏せた。

「はー……」

「だれるなだれるな」

苦笑しながら声をかけ、肩に手を置いたのは直属上司であり、企画開発部の部長である鎌田だ。

「なんで俺に絡むんですかねえ。数字の話ふってこられても、即答できないの知ってて」

実際の交渉や企画に関しての会議で、真芝が企画書を作成した以上、一部プレゼンを請け負うのはわかる。しかし値入率や金額のことについては、決定権を持っているのは営業本部の方なのだ。

書類上のミスは謝るほかに道がないが、率についての不満は直接本部にあたってもらうしかないだろう。しかしそのぼやきに、鎌田は微苦笑を浮かべた。

「というより、嘉島さんはひとを見たんだろう。まあうまく躱したじゃないか」

「って、どういう」

「要するに、その程度のことは内々で通しておけってことだ。でもって話が通じそうなのがこっちだと睨《にら》んだんだろう」

苦い息をついた鎌田の声に、わからなくはないがと真芝も吐息する。

「島崎《しまざき》班でしたっけね、ミリオン」

現在、営業部でミリオン担当となっているのはかつて統轄本部で課長だった島崎だが、ぐちゃぐちゃと長口上の割に結論の出せない男だ。

そもそもS商事で扱う商材は、海外ブランドの輸入販売が主だった。創業以来の親族会社で、社長以下経営陣はすべて一族が牛耳る、やや旧態依然の体質があった。しかし昨年、長引く不況でいよいよオーナー会社としての限界を見たため、先だっての株主総会で正式に経営陣が一斉入れ替えになったのだ。現在ではコーヒーメーカーで有名な外資系の会社が経営権を買い取っていて、会社概要での本社住所も実質稼働している会社のものでなく、そのメーカーの住所へと変わっている。

トップが変われば、会社の体質も変わる。大々的に組織改編を行い、リストラ対象者はグループの子会社まで含め三千人を越えた。

あげく、一課から四課までの営業部署も大幅な人事異動が行われ、真芝は直属上司であった鎌田と共に、営業は営業でも企画開発の部門へと異動になった。左遷ではなく、そもそもは鎌田は企画開発の出身であり、弱体化した部門にテコ入れをという意図があったらしい。

畑違いに等しいとはいえ生き残れたのは僥倖《ぎょうこう》だ。リストラまでいたらずとも、中には傍系の子会社に飛ばされた取締役もいる。派閥人事は崩れ、力を見せなければ切り捨てると言いきる外資系の社長の厳しさに、いまは誰もが必死だ。

しかしそれでも、過去の派閥にしがみついたままの連中が一部残ってしまっているのも確かだ。実力主義の鎌田と、その島崎とは折り合いが悪く、意図的にかどうかはともあれ、重大な連絡事項を漏らされる羽目になることも多い。

「島崎さんは見切られた、ってことですか？」

「口に出すな、口に」

今回の数値の間違いも、本当にネゴ不足であったのか、わざとなのかが怪しいところではある。しかしさすがにそこまではと、真芝は眉間に皺をよせた。

過去に取引がなかった国内ブランドのミリオンを、島崎は思いこみだけで軽視している。そんなばかげた考えで、いくつもの契約をふいにしているとも気づかない男がまだ管理職に座っている現実に、規模は大きいが中身が腐りかけたこの会社の先を思い、真芝は暗澹《あんたん》たる気分になる。

「まあ……その辺は俺からうまくやっておく。おまえはとにかく、今回のミスのフォロー頼む。明確に数字を出させて、それからもう一度練り直しだ。嘉島さんは手強《てごわ》いぞ」

「はい」

いままでの仕事とはまるで内容の違う部門に戸惑っているのは事実だ。鎌田の指導のもとあれこれと開発に関わっていけば、商材の開発をし新規のブランドとの契約を発案し、めまぐるしいことこの上ない。

だが、自身の適性についてはむしろ、これで正しかったのかと感じているし、憂えているばかりではいられない。ここからだと力強く告げ、励ますように肩を叩く鎌田に真芝も頷いてみせる。

接待混じりのネゴシエーションや書面で数字を追いかけることよりも、現場で走り回る方が向いているのかと気づき、真芝は充実感さえ覚えている。

今回のミリオン誘致も真芝が脚を使って市場調査をした結果、練り上げた企画書が通ったものだ。相手が大きいだけに、プレッシャーも感じるが到達感もある。

（いままでより忙しくても、やりがいはあるか）

少なくとも、この上司に見込まれただけましだと強く頷きなおし、デスクの背もたれに身体を預けた真芝は一瞬、奇妙な顔をしたまま呻いた。

「っ、痛……」

「どうかしたか？」

「え、いえ。なんでも」

顔を歪めた真芝に気づいたらしい鎌田へ、疲れただけですと笑んでみせつつ、気恥ずかしいような焦りを感じた。かなりの日数が経つというのに、まだ完全には治りきれないほど深い、情の深い恋人に残された爪痕《つめあと》がひりついたのだなどと、昼間のオフィスで言えたものではない。

（結構すごかったからな。みみず腫れになってたらしいし）

くすぐったくも痛痒いその感覚を、誰にも気取《けど》られまいと唇を強く結べば、鎌田はまた心臓の止まるようなことを言った。

「そういえば、秦野は元気にしてるか？」

「は、……ええ、まあ。先週も飲みましたけど、今度なんだかバザーがあるとかで、準備に追われてますよ」

そうか、と安堵《あんど》したように笑う鎌田は、普段の鬼上司ぶりが嘘のようだ。やわらかい表情に、真芝の胸は複雑な思いでいっぱいになる。

亡くなった秦野の妻、結生子は、この鎌田の親友である江木の紹介で引き合わされたと聞いている。それだけに、退職したもと部下を、彼は身内のようにも感じているらしい。

「今度、俺とも飲めと伝えてくれ。まあ、年が近い分おまえの方が気楽なんだろうが」

「はあ、それじゃそのうちにでも」

鎌田自身は、真芝と秦野が偶然出会った飲み友達という言い訳をそのまま間に受けているようだ。おかげでたびたびと近況を訊《き》かれ、心臓に悪いことこの上ない。

颯爽と去っていく鎌田は、四十代ながら真芝と張るほど背が高く、威圧感のある端整な容貌は仕事の上では安心のおける頼もしさを感じさせた。

広い背中を見送りながら、見当違いと秦野に怒られるだろうけれど、じわりとした嫉妬も感じずにいられない。その理由にはふたつある。

(鎌田さんが飲みに……か)

あたたかいが厳しい人柄の鎌田はプライベートと仕事をきっちりと分けるタイプだ。その鎌田にあれほどまでに目をかけられている秦野は、かつて社内ではどれほどの切れ者だったのだろう。

また、結婚相手を紹介するほどに親しかったらしい彼らの仲には、どうしても疎外感を感じてしまうというのも、情けないけれども本音だった。

(急ぎすぎてるんだろうか)

近づけば近づくほど、秦野が遠くなるような気がする。同居の件はもう、半年は前に切り出しているのだが、それからずっと保留されたままなのだ。

——第一、おまえ……鎌田さんに、なんて言い訳する?

一番はじめに渋られた時、秦野が告げたのはそのことだ。鎌田にお互いの交流を知られていることも、かなりのネックではある。気の合う友人と住みたいからなどと、そんな話が通るほど若くない。まして秦野の過去を知る以上、鎌田が不審に思う可能性の方が高い。

(結生子さんのいたあの部屋に俺が入るとなれば、詮索《せんさく》されない方がおかしいか)

秦野の言い分は確かに、分別ある大人らしいもので、しかしそれだけに焦れるのだ。

真芝自身が、いままでにないほど恋愛にのめりこんでいる自覚はある。しかしそれ以上に、秦野をあの広い部屋に、いつまでもひとりでいさせたくないと思う気持ちが強かった。

秦野自身は自覚しているかどうか知らないが、あのマンションの空き部屋に、時折途方に暮れたような目を向けることを真芝も気づいている。そしてそこが、口に出されないままでも、結生子の住まう空間であったろうことは察せられた。

「まだ、かな」

秦野のなかで結生子という女性は、どれほど大きなものだったのか。それを考えればやるせなく、真芝は小さく呟く。おそらくは秦野の中で聖域にも近いあの空間は、秦野自身のためらいと過去の疵《きず》そのものの象徴で、そこに踏みこみきれない自分を持て余していた。

はじまりがはじまりだけに、立場的に強気になれないというのもある。

八つ当たりの腹いせに秦野を抱いたのは本当のことだったし、そんな自分が誠実を気取って果たして信じてもらえるのかという危惧《きぐ》もあった。

だが少し会えない日々が続けばお互いに、ちゃんと寂しいと思える関係であると信じてはいる。触れあえば拒まず、どころか嬉しそうに腕の中に収まってくれる秦野に、時々、いまさらにも感激さえ覚えているのだ。

もっと近づいてやさしくして、思うさま愛してやりたいと思うのは、むしろ彼に甘やかされている自覚があるせいだろう。

先週の連休にしてもそうだ。どこかに出かけるかと問いかけた真芝に、しばらく考えた秦野が告げた言葉は、少し意外であまりにもやさしいものだった。

——いいけど、部屋でのんびりしないか？　別に遊びに行くばっかじゃなくてもいいだろ。

我が儘な相手に振り回されることの多かった真芝には、少しそれは新鮮でもあった。そんなのでいいのか、と目を瞠っていれば、秦野の細い指が頬のあたりに触れてどきりとした。

——それにおまえ。疲れてるだろ。顔色悪いし、ちょっとこっち来てみ。

なにをと思う間もなく腕を引っ張られ、ソファの上に転がされた。その端に腰掛けた秦野は膝を折り、腿の上に真芝の頭を乗せて顔にタオルをかけたのだ。

——この間、同僚のまりセンセに習ったんだ。よく通ってるマッサージのとこでやるんだって。

膝枕の体勢にも、疲れた眉間と頭をほぐす指にも恐縮しながら、おそろしく真芝は照れた。ほどよい力の指圧をほどこされれば、驚くようなところが凝っていたのだと知る。

——頭を使う仕事だと、ほんとにここが凝るんだって。

そう言う秦野は保育士で、子ども相手に走り回るそれはどちらかといえば肉体労働だ。だからそのマッサージを、誰のために覚えてきたのかなどと問うまでもない。

後頭部に感じるほどよいやわらかな腿のぬくもりも、額から眉、髪の地肌を押さえるような指にも、心地よい痺れをもらう。それ以上に、気遣ってくれた秦野の指が、あまりにも愛おしかった。

強ばっていた頬の筋肉をほぐされ、眼窩《がんか》に軽い圧力をかけられたからだけでなく、閉じた瞼の裏が熱くなった。いたわる指をもらっていいような自分ではないのにと、そんな気分にさえなったけれど、結局マッサージを中断させてしまったのは強引な口づけとそして、悪戯に膝を撫でた真芝の指。

それからは、泣きそうなまでに高まった愛おしさのあまり、ややしつこくなってしまったかもしれない。結果秦野が泣きわめく羽目になって、この爪痕というわけだったが。

（なんでああ、かわいいんだか）

顔色ひとつ変えないまま、爛れた回想を終えた真芝は本気で思う。

秦野の容貌がその単語に似つかわしいものであるというのは、真芝の色目だけでなく事実でもあるだろう。

——おまえそれ、おかしいって絶対。

当人に告げれば呆れたように見開く、切れ長の目が大きい。普段は地味な印象しかないのだが、それは瞼が一重《ひとえ》でやや近眼のため、少し目を眇めるくせがあるからだ。間近に眺めれば、黒目がちの潤んだ目はうつくしいアーモンド形で、すっきりとした鼻筋も唇も、繊細に形よい。

総合してみれば秦野の顔立ちは非常に端整なものなのだが、すべてのパーツが収まりがよすぎて、却って印象に残りにくい状態になっている。だがそれだけに、ひとたびその繊細な魅力を知った人間に、ある種後ろ暗い独占欲さえ抱かせるたぐいのものだった。

本人には自覚がないだけに、厄介なのかもしれない。秦野は自分の顔のもたらす効果もなにもわからないまま、驚くほど真っ直ぐにその気持ちを表情に出す。その衒いのなさこそが目くらましにも、焦がれた男に厄介な嫉妬を覚えさせることにもなるのだ。

秦野の身体もまた、小柄だが均整の取れたものだ。細いといっても無駄な肉はなく引き締まっているため貧弱な印象はないが、骨の造りから華奢なのだろう、どこかしら少年めいた雰囲気がある。良質な筋肉のついた身体は力を抜くと怖いほどやわらかく柔軟だ。これは真芝が一から教えこんだからであるが、感じ方も乱れ方もすべて好みの通りで、時折にはたじろぐほどに激しくもなる。

つるりと整った輪郭や形よい額は、長めの前髪のせいもあって、滅多なことでは人目に触れない。それを知っているのが自分だけかと思えばたまらず、たびたび髪をかきあげて唇を落としてしまう。

我ながらはまっていると思う。恥ずかしさも充分に承知していて、だが過去の仕打ちを思えばそれでも足りないとも思うのだ。

秦野がやさしいのは、彼自身が情に餓えているせいもある。だからこそ真芝が捧げる言葉や腕に、面はゆいような顔をしながら嬉しがってもくれるのだ。それでいて思い上がることもしないまま、控えめにやさしさをくれる彼に、どうやってのめりこまないでいればいいのか真芝はわからない。

しかし、こと同居の件についての平行線だけは、いかんともしがたいものがある。

(あのひと一回こうとなると、頑固だしなあ)

押しつけるばかりでない形で、秦野がもう少しかたくなさが取れるまで待っていようと思うのだが、生来気長ではないためか、どうしても拗ねた物言いになることもあった。

——ごめんな。

あの澄んだ目を曇らせるたび、反省と悔恨が胸に満ちる。しかし欲しいのも本音だから、嘘もつけないまま、強引に腕を伸べてしまう。

もう少し、自分がちゃんと懐深い大人になれれば。

そんな風に思いあぐねて、しかしやはり、焦れている。待つべきと思うそばから、どうして受け入れてくれないんだと言ってしまうのは、どこかこの件についてだけは逃げ腰の秦野が怖いからだ。

激情的で一本気な真芝の愛し方は、時によって相手をだめにすることがある。

かつて恋人であった幾人かは——井川を筆頭として——遊び慣れているだけに、束縛やその執着めいた愛情の傾け方を嫌った。そのくせ真芝の面倒見のよさに甘え、性格の悪さを増長させていくことがほとんどだったのだ。

(井川についても——俺も、悪かったんだろう)

ああまで彼を思い上がらせたのは、甘やかし続け、図に乗らせた真芝もまずかったのだ。

そう考えられるようになったのも、秦野がどこまでも真芝を受け入れてくれるからだと思う。

決して頼らず、どころかこちらにばかりいたわりをくれようとするから、戸惑いつつも心地よさに甘えてしまう。

しかしそれだけに、今度は自分が、井川らと同じ轍《てつ》を踏むのではないかという恐怖も強い。秦野に甘やかされいつのまにかつけあがって、身勝手な態度に出るのは避けたかった。

それでなくとも穏やかな秦野に、真芝の愛情は押しつけがましく、鬱陶《うっとう》しいものではないだろうか。もとよりその気もなかった、女性を愛して子どもを大事にする秦野を、保証もない、世間的に認められ難い恋愛に、暴力めいたやり口で引きずりこんだことは、いまでも真芝には苦いものを覚えさせる。

(——だめだ)

秦野に関しては普段の強気が消え失《う》せて、ただいたずらに不安ばかりが増してくる。これも本気だからだと知る程度には恋愛をこなしてきたから、その痛みも悪いものではなかったが、オフィスで散漫な考えに浸るわけにはいかないだろう。

「真芝、ちょっといいか。さっきの件だが」

「あ、はい」

鎌田の声に立ち上がり、物憂い考えを振り払う。私情に溺れているわけにはいかんと一瞬で仕事の顔に戻った真芝は、ミリオンとの契約についてのプランを練り直すため、上司の提案に耳を傾けた。

＊　＊　＊

定時をすぎても仕事が片づかないままで、諦めて強引に切り上げた真芝は帰宅の準備をする。自分でここまでと決めない限り、この手の仕事は終わらないのだ。経費節減で八時をすぎればオフィスの明かりは落とされ、真芝のデスクライト以外に部屋の光源は既にない。

鎌田の姿は、午後になって営業との折衝に出たまま見当たらない。待っていても埒《らち》があかないことは、既に知っているため、これは先にあがらせてもらおうと吐息した。

「お疲れさまでーす……」

タイムカードを押し、守衛に頭を下げつつ通り抜けたエントランスは既に人気《ひとけ》も少ない。

空調も切られている寒々としたフロアを横切り、入り口のドアを抜けようとした矢先のことだ。

悄然《しょうぜん》とした足取りで歩いてくる男の影に気づき、真芝は一瞬緊張を覚えた。

「……貴朗」

不快を隠しきれないまま顔をしかめ、ふっと目礼で通り過ぎようとした時、声をかけたのは昏い顔をした井川の方だった。

「企画もずいぶん、遅くまで残ってるんだな」

「もう帰るところだ」

言外に、なんの用だとすげなく目を眇めれば、井川は力なく笑む。

「参ったよ……また営業部長の呼び出しだ。もう今月で三回目で」

「おまえと立ち話してる時間はないんだ。じゃあ」

「待てよ！」

声をあげた井川には、かつての満ちあふれるような自信はかけらもない。

「なんなんだ。なんの用？」

「冷たいよ貴朗、俺がこんなにひどい目にあってるのに、やさしい言葉くらい、くれたって」

今回の人事で異動になったのは真芝だけではなかった。井川の言う通り、彼もまた別部署へ赴くことを命じられたが、それは外商部宝飾部門、しかも百貨店の担当だ。

「ひどいったって、単なる人事異動だろう。なにを甘ったれてる」

「こんなの左遷と一緒だ！」

叫んだ井川の言葉が事実であることも知りつつ、真芝は冷たい表情を崩さなかった。

バブルの時代ではいざ知らず、現状ではかなり寂れた宝飾部門で、しかも井川は店舗店長を請け負うことになっていた。店長といえば聞こえはいいが、実務は要するに顧客営業――通称、男マネキンと揶揄《やゆ》されるものだ。

マネキンといっても、いわゆるショップ販売員とはわけが違う。上物の顧客に商品を買わせるため、家にまで出向き催事の招待をすれば一日中ついて回り、ご機嫌をとらなければならない。

季節ごとの贈り物や付け届けはまだしも、メインの顧客層が中年女性にあたる宝飾業界では、場合によってホストめいた接待まで行わなければならないという、最悪の営業方法だった。

当然、そこに回されるのは見た目以外取り柄もない、ぺーぺーの新卒か、その手の営業を得意とする、ある特殊な手合いだけだ。

「人事の判断だろう。俺に言っても仕方ない」

いみじくも本部統括にいた井川が就く仕事ではなかったろうが、結局、彼の実力だけではそれくらいしかあてがわれる仕事がなかったのだ。

上層部が一斉に首をすげ変えられ、社内のパワーゲームもそれによって変化を起こした。役職を追われ傍系の子会社へと飛ばされていった取締役は、井川の結婚相手だった女性の父親だった。

変革が、井川自身の立場に影響を与えたことは言うまでもなかった。その結果が、この落ちぶれた顔をさらす男のヒステリックな嘆きなのだろう。

「ちょっとくらい愚痴聞いてくれたって、いいだろう⁉　久しぶりなんだから」

仕事でも負け組に入った男はなにか、鬱屈《うっくつ》したものを抱えこんだ昏い目をしていた。かつて情を交わした相手の落ちぶれた姿に、しかし真芝の情は少しも動かなかった。

「先週も会議の時にいただろう」

「あんなの！　会ったなんて言わない！」

「わめくな」

できればその時も顔を見たくなかったとまで言えば、恥知らずなこの男はなにを言い出すかわからない。もめ事かとちらちらと窺《うかが》ってくる守衛の目が痛くて、真芝は顎をしゃくって外に出ることを促した。

（なんだってこのタイミングで）

本音を言えば、本社を離れた井川には、ほっとするような気分でいた。

二度と関わりたくないというのが本心だったが、しかし相手は会社を辞めたわけでもない。

ごくまれに総合会議などで顔を合わせれば相変わらず粘着質な視線を寄こされるのには辟易《へきえき》していた。

「で、おまえはなにが言いたいんだ」

寒いからさっさとしてくれと言い放った真芝に、熱っぽい視線が向けられた。しかしそれは以前のような、自信たっぷりにこちらへ向けた秋波ではない。

「もう、つらいんだ……辞めたい」

「じゃあ辞めればいいだろう」

「なんでそんな風に言うんだよ……！」

あれほど自信を持って、維持することに努めていた肌の艶《つや》もない。噂《うわさ》ではあるが、彼の妻女は出世コースからはずれた夫にさっさと見切りをつけ、実家に戻ったと聞いている。

（本当だったらしいな）

少し皺のよったコートから覗くスーツも、明らかに以前よりもランクを下げた。シャツの襟も妙な皺がより、左手の薬指にはリングがはまっているが、むくんだ指には少しきつそうだ。

そもそもが自分の身の回りの世話はへたな井川が、面倒をみてくれる相手をなくして身ぎれいにしていられるわけもなかっただろうと、同情とも落胆ともつかないものを真芝は覚える。

（秦野さんは、いつもきちんとしてるよな）

普段はカジュアルな装いが多い上、服装の趣味がややおとなしすぎて地味に映る秦野だが、ひとり暮らしが長かったせいか――それは両親を失った時間も含め――大抵の家事はやりこなす。保育士の仕事も詳しく知れば案外と忙しいのに、いつでも清潔な服を着ている彼には感心した。

（俺はクリーニングに放っちまうけど）

不経済だからシャツのアイロンくらい自分でかけろと説教をされた時のことを思い出し、真芝が小さく笑えば、その表情のなにを誤解したのか井川の目が媚びを帯びて潤む。

「貴朗。俺、……俺もう、あいつとはだめなんだ」

「ふうん？　そうなのか」

噂話が派手に流れていることも、知っているとも言ってやるつもりはなかった。関心を持たれていると勘違いでもされればたまったものではない。

「そうなのか、って……それだけ？」

「ほかになにがあるんだ。いい加減寒い、帰っていいか」

疲れてるんだ、とあからさまに嘆息してみせる。井川はふっとあの驕慢《きょうまん》な表情を目に浮かべたが、哀れさを滲ませる声を出すのは忘れなかった。

「なあ。……なあ、貴朗、もう一度、俺たち」

「却下だ」

「……っ、そんなに怒ってるのか、なあ⁉　謝ってもう、だめなのか⁉」

その態度のどこに反省があるのだと、摑まれた腕を振り払う。ぱん、と手の甲を弾いたそれに、一瞬本気で驚いた顔を浮かべた井川は、まるで泣き出しそうな子どものようにも見えた。

（ばかなやつだ）

拒絶されることを考えてもいなかった、そんな顔をした井川に、真芝は既に憐れみさえ覚えた。

こんなぐだぐだした愁嘆場を嫌ったのは、過去には井川の方であったはずだ。だからこそ、彼にとっては「スマートな」別れとして、言葉も情もなく突然の結婚を決めたのではなかったか。

「何度言わせるんだ。もう終わってるだろう。俺とおまえは」

そんなにも縋るものが欲しいのかと思えば、いっそ哀しくなってくる。

真芝を手に入れれば失ったなにかの埋め合わせができると信じているかのような井川は必死で、しかしそれも純粋な情から起きたことではないのは明らかだった。

「俺とよりを戻したからって、おまえの現実は、なにも変わらないぞ」

「そんな……好きなんだよぉ……貴朗ぃ」

べそをかくような声で絞られて、鬱陶しいという以前に、情けなくなる。ひとの話を聞かない人間ではあったが、これではほとんど会話が成立していない。

「俺は、好きじゃない。むしろ忘れたい」

「あいつのせいなのか」

呆れ果て、きっぱりと言いきった真芝に、俯《うつむ》いていた井川の声が変化する。ぞっとするような妄執を感じさせるそれはあまりに暗く低く、首筋のあたりがちりちりと粟《あわ》立った。

「あいつだな。秦野って、あの、保育士の」

「あのひとは関係ない。俺が、もう、おまえにはつきあいきれないだけだ」

言葉尻に強く被せたのは、なんともいえない不快感と恐怖からだ。秦野の存在を少しでも匂わせれば、彼になにか災いが及ぶような、理由のない確信を感じた真芝はその頬を強《こわ》ばらせつつ、落ち着けと自分に言い聞かせる。

「冷静になれよ、井川」

もう、かつてのようには親しい名を呼ぶこともないのだと、あえて名字を強調しつつも真芝は努めてやわらかい声を出した。動揺を見せるわけにはいかない、秦野に少しでも、この男の災厄が降りかかってはいけない。願うのはただそれだけだ、井川を刺激したくはなかった。

「いまの部署にも、やりがいは見つけられるだろう。働き次第ではどうにでもなる。いまはとにかく……動く時代なんだから、そう思って乗りきれ」

告げた言葉は、その場しのぎばかりでなく本心でもある。真芝にしてもできるなら、一度は愛した相手にこれ以上落ちぶれてほしくないとも感じていた。

それが知らずのうちに秦野から受けた影響であることを、真芝自身は気づいていなかったが、告げられた相手は剣呑に目を眇める。

「なに、それ。慰め？」

宥める声を出した男を見やり、井川は平坦な声を出す。感情の読めない目を向けられた真芝は戸惑いながら視線をはずした。

「貴朗……変わった」

その一言を呟いたきり、あとは無言で井川は去っていく。暗く人気《ひとけ》ないオフィスに消えていく男のうちひしがれた背中に、ただため息ばかりが漏れた。

かつてのように手ひどく振りはしなかったが、もう一度自分で頑張ってみろと告げた、自分なりに精一杯の温情は、却ってプライドの高い井川には衝撃だったのだろうか。

最後に井川が向けてきたのは、とても真っ直ぐに見ている気になれないほど、禍々《まがまが》しい毒に満ちた眼差しだった。首筋ばかりでなく全身が総毛立ち、いまも寒気が抜けていかない。

（こうまで話が通じないとなれば……お手上げだ）

だがあれ以上、なにを言えというのだろう。後味の悪い不愉快さだけが募って、真芝は無意識のうちに煙草を探り、区の条例違反に気づいてそれを諦めた。

「くそ」

つくづく喫煙者には生きづらい世の中だ。煙草一本好きに吸えない。

苛立ちを持て余し、ともかく駅に向かおうと靴音を鳴らしたが、ふと気づけばそれは、自宅マンションへ向かう路線とは違う方向に向かっている。

早足に進みながら取り出した携帯電話で、短縮のゼロ。新しく購入した新機種に登録する際真っ先に入れたのは、秦野のマンションのナンバーだ。

(いないか)

五回鳴ってもまだ繋がらないことに、ほっとするような残念なような気分になる。このまま押しかけてしまえば、間違いなく不機嫌顔をさらしてしまうし、場合によっては八つ当たりもしかねない。

だというのに未練がましく電話を切れないのは、もう甘えでしかないことなどわかっている。

(やめとこう)

そこまで見苦しい男になりたくないと、踏ん切りをつけて真芝が携帯から耳を離した瞬間だ。

『はい、もしもし! お待たせしました』

少し焦った声が耳に飛びこんで、先ほどまで凍りついていたような心臓がどきりと高鳴る。

「秦野さん、俺」

『ああ、ごめんな、待たせたか？　ちょっと手が離せなくて……どうした？』

名乗らないまま察した秦野の声が、焦りに緊張したそれからふわりとほどける。やわらかい笑みを浮かべただろうことがわかって、強ばっていた真芝の顔がかすかにゆるんだ。

「突然でごめん。今日……いいかな。そっち行っても」

言うまいと思っていた言葉がするりとこぼれてしまう。少し疲労の滲む声も、井川に対峙したあの冷たく鋭い響きではなく、あまり他人に聞かせたくはないようなものへと変わった。

甘えすぎだと思う。しかしいま、いっそのこと秦野に怒られてしまいたくて発したそれを、彼はやはり、受け入れてしまうのだ。

疲れた声と、ほんのかすかに震えた気配だけで、なにも問おうとしないまま。

『……いいけど。メシ食った？　あり合わせでよければ、なんか用意しようか？』

「いえ、……なにも」

あなただけでなにも。

そこまでを言えばきっと秦野は照れて怒るから、真芝は吐息だけで笑って言葉を飲みこむ。

胸がつまるような、不快ではない痛みを覚えてその笑みはかすかに歪んだ。次に発した言葉がやや口早になったのは、こんなことで泣いてしまいそうに高ぶった感情を制御できないからだ。

「すぐに……行きます。ありがとう」

『寒いから、気をつけて』

吐く息が白く凝って、真芝に外気温の低さを教えた。それでも、携帯に押し当てている耳の先から先ほどまでの悪寒が消えていくのを感じ、真芝はようやく本当の意味で、息をついた気がした。

＊　＊　＊

本当は、秦野の顔を見たらすぐに帰ろうと思っていた。

ささくれた気分は先ほどの電話でだいぶ宥められた気がしていたし、そこから先は自分自身で飲みこむ問題だと思ったからだ。

「ん……んんっ」

しかし、湯上がりと一目でわかるパジャマ姿で、まだ濡れた髪を拭いかけだった秦野の首筋を見た瞬間、なにかがふっつりと切れたのがわかった。

迎え入れられた次の瞬間には玄関脇《わき》の壁に秦野を押しつけ、きつく腕に閉じこめて何度も唇を吸い上げてしまった。しつこく舌を使いながら細い腰を抱きすくめ、そのすぐ下にある丸い膨らみを両手に包んで撫でさする真芝に、秦野は案の定ひどく慌てたが、止まらない。

「や、ちょ、急に、なに……!?」

数週間ぶりに会ったというのに、いきなり口づけてくるおそろしく性急な真芝に面くらったのか、秦野は慌てて手のひらで自分の口をブロックし、もう片方の手で胸を押し返してくる。

赤くなった頬は、先ほどまで使っていた風呂のせいか、普段よりさらにしっとりと水気を含んでいる。肌合いはもとよりなめらかな秦野だけれども、手の甲で触れれば吸いつくように感じた。

「いい匂《にお》い」

「あの、さ、さっき残りの……あ、あっため、て」

台所の方からも、確かに食欲をそそる匂いが漂ってはいる。しかし、話を逸《そ》らすように視線を背けた秦野の首筋に鼻先を埋めた真芝は、わざと鼻を鳴らして笑いながら告げた。

「違う、こっち」

「ば……もう、なに、こんなとこで」

ボディソープの清潔な香りが、冷えきった鼻腔《びこう》と肺の奥に甘すぎて、たまらない。戸惑い羞《は》じらうように逸らされた首筋の細さは、少年めいた潔癖さでむしろ真芝を唆《そそのか》す。

「これ、着てくれたんですか」

シルク混紡の紺色のパジャマは、先日の市場調査の折り見つけ、秦野に似合いそうで購入したブランドのものだったが、着ているのを見るのはこの日がはじめてだった。

「よかった。やっぱり似合う」

「おま……寝間着に似合うも似合わないも」

予想通り、華奢な秦野にそのとろりとした生地と色合いはよく似合っていたが、考えた以上に首筋のあたりが露出していた。襟元はVラインで、せり出した鎖骨がかすかに覗く。

「あっ！　……ちょっと、なに」

まだ濡れた髪から滴る雫が鎖骨の窪《くぼ》みに沿って流れるのを、舐めとりたい衝動に真芝は負けた。

「あるよ。すごく、似合って、……脱がせたくなる」

「ま……」

布地とのコントラストでいっそう白く映える肌に悪戯をするように軽く唇を押し当て、ひそめた声でそう囁いた。途端、湯上がりの瑞々《みずみず》しい肌がさらにじわっと体温を上げ、そのまま胸元から顔まで一気に赤くなる。

「いや、あの、待って」

「なに？」

どうしてかこういう瞬間になると、何度でもはじめてかのように秦野は怖《お》じ気《け》づく。最中になれば大胆な所作もずいぶん見せるくせに、突然の誘いにはどうも弱いようだった。

「そん、そんな、来るなり」

「いや？　したくない？」

「あ……っ」

耳を囓《かじ》りながら問うと、びくりと震えた細い指が肩に縋ってくる。いつも濡れたような印象的なあの目は、一度きつく瞑《つむ》られたあとさらに潤んで開かれ、じっと真芝を見上げてくる。

「なに……？」

心の奥底まで見つめようとするような、真摯なそれにどきりとした。気取られたくはないまま笑みを浮かべると、自身でもややひとを食ったようなものになった自覚はあった。

「ピラフ。きっともう冷めたから、あとで勝手にチンして食え」

だが真芝はそれよりも、仕方なさそうに吐息して、そんな素っ気《そけ》ない言葉で許諾を教えた秦野の体温を感じる方に、餓えていた。

「いただきます」

もう一度耳朶に齧り付いてから囁けば、意味したことに気づいた秦野はさらに赤く染め上がる。

そうして、はなはだ迫力のない声で、ばか、と呟きしがみついたのだ。

寝室まで待てと言われて、しかしとてもそんな余裕はなかった。玄関は寒いと秦野が言い張るためどうにか居間の方へと移動はしたけれど、暖房の効いた部屋にコートを脱ぎ捨てるのが限界で、いたたまれないように竦めている細い肩を再度真芝は抱きしめた。

「ふ……う、うう……っ」

リビングと間続きになっているダイニングのテーブルでは、秦野が用意してくれていた夜食の皿がまだほのかに湯気を立てている。それが小刻みにかたかたと震えているのは、逃げそびれてまろんだ秦野が、縋るようにテーブルの端を摑んでいるせいだ。

「や、も……なんで、こん、こんなとこ……！」

「秦野さんだって、もう……待てない、でしょ」

執拗な口づけから逃れようとした秦野の脚の間、ゆったりとしたパジャマの布越しに摑んだ性器はもう硬くなりはじめていた。大きな手のひらでその全容を摑み取り、揉みくちゃにしてしまえば秦野はその場からどこにも行けない。

「んんっ……んんー……！」

背後で必死に腕を突っ張り、唯一の逃げ場のように仰《の》け反《ぞ》りそうな腰をテーブルでどうにか支えた秦野の唇を何度も噛んで舐め回す。そうしながら反り返った胸に手を這わせると、つるりと手触りのいい布を押し上げる小さな突起がふたつ。

「ふあっ⁉　あっあっ、あっ！」

「ここ？　これ気持ちいいでしょう……？」

にやりと笑った真芝は、敏感な乳首へ滑りのいい布越しに爪を立てて、小刻みに何度も引《ひ》っ掻《か》く。直《じか》に触れてそんなことをすれば肌を傷つけてしまう愛撫も、こうすれば痛みを感じさせないままダイレクトな刺激だけ与えられることを真芝は知っていた。

「そ、や……っそれ、それ……」

「いやじゃないよね」

顔中を血の色に染めたままかぶりを振ってみせる秦野に、誤魔化すなと真芝は笑みかける。

「ほら……音がしてきた」

「あう！」

「湿ってるよ。わかるでしょう」

わざとなすりつけるように、下肢を摑んだ手のひらを蠢かす。言葉通り、ごくわずかにだがくちくちと粘った水音が響いて、俯いた秦野の首筋が小刻みに震えた。

「まし……真芝……っ」

甘い体温を感じさせる湯上がりの香りが強くなった。深く俯いたせいで頸椎《けいつい》の目立つそのうなじを舐めてやると、秦野は小さな声をあげて胸元にしがみついてくる。

頼りないその仕草に、愛おしさと嗜虐《しぎゃく》性を同時にかきたてられて息がつまった。

「ね。……どうしてほしい？」

喉奥で浅ましいような欲情を飲み下し、やさしげでありながら卑猥な声で唆し、爪を立てて尖《とが》らせていた乳首を今度は回りの肉ごとつまみ、中の芯を押しつぶすように揉み上げた。

「……って言って」

脚の間は既にじっとりと重く湿っていたが、真芝はあえてその先を逸らしながら卑猥な言葉を告げるようにねだった。

「や、やだよ、そん……っ、あっ、ひ」

耳の先まで赤くした秦野は息を切らしながら拒む。だが、もうすっかりその形を膨らませたものに惑わされ、理性を飛ばしかけているのは濡れた目の色でわかる。

「真芝、……ちゃ、んと……っ」

ぬめった性器へ布越しに手のひらをあてがい、根本からぐりぐりと押しこむだけのぬるい動きに、焦れったいと身を捩った。もっとちゃんと、と腕を引っ張る秦野は泣き出しそうな顔をしていて、触れたい気持ちが募ると同時に、もっと泣かせたいとも思ってしまう。

「じゃあ、……さっきの、言って？」

「おまえっ……ばか、もう……！」

その気持ちの分だけ真芝の声には甘えと懇願が滲む。悔しそうに眉をよせた秦野の額へ口づけながらねだれば、結局真芝にもこの淫らな感覚にも弱い秦野は震える唇を開いてくれた。

「ち、……乳首、も……っ」

「なに？」

「もっと、い……いじ、て……」

それが精一杯と涙を浮かべながら見つめられ、ぎこちない哀願にも卑猥な言葉にもくらくらしながら真芝は服をたくし上げる。

「いじられるの好き？」

「すき……あ、……あふ、か、噛んでっ、もっとっ」

身を屈《かが》めていきなり吸いつけば、びくりと細い脚が大きく痙攣する。手のひらで押し揉んでいる箇所のぬめりがさらにひどくなり、たっぷりと濡らした小さな粒を指と唇とで同時に弾《はじ》けば、秦野はため息のような声ですすり泣いた。

「も、やだ……なんか、おまえ、……なんで」

このところにはない、まるで嬲るような強引な愛撫に悶えながらも戸惑いを見せる秦野は、表情豊かなその目でじっと真芝を見つめてくる。

「こういうのはいや？」

「いや、ってあ！　あ、い……っ」

執拗《しつよう》に吸いついていた胸から離れ、ひとつひとつボタンをはずして華奢な肩を顕《あら》わにする。

鎖骨から薄い胸筋にかけてが特に赤く、汗を浮かせたそこにきつく口づけて痕《あと》を残した真芝は、竦んだ肩から腋《わき》の下へと舌を這わせていった。

「だ、め、やめ、そこやめ……っ、やぁ……！」

膝の裏や腕の付け根、股関節《こかんせつ》の窪みなど、薄い皮膚をくすぐるようにすると秦野は泣き出すほど感じいる。脆弱《ぜいじゃく》なその部分は直接の性感ではないけれども、身悶えて唇を噛むくらいに敏感だ。

がくがくと膝が震えている。可哀想なくらいに身体中をおののかせ、声も出ないくらいに喘ぐ秦野の腰を抱いて支えながら、真芝は膝を折った。

「くふぅ……」

力の入らない脚の間に頬をよせ、膨らんだそこに鼻先を押し当てると、子犬が鳴くような声をあげた秦野は喉を反らす。

「すごい、秦野さん……こんなだ」

「あ、だ、って」

秦野の形を浮き上がらせた股間はもう、薄い布がべっとりになるほど湿っている。ほら、と顎を摑んで下を向かせ、目を合わせながら布越しのものに指と唇を這わせると、秦野は手の甲を噛んで目元を歪めた。

「なん、そ……やらし、こと……！」

「いつもするでしょう？」

「だ、だって……ひさしぶり、なのに」

久々の逢瀬《おうせ》でいきなりここまで強引にことを運んだ上、わざと淫猥な愛撫を仕掛けるのはやはり、行き過ぎとも思う。しかしはっきりとは拒まないままの秦野が本気で嫌がっていないのもわかる。

「久しぶりだから余裕ないんだ。早く欲しい……だめかな」

「あ……」

強くは抗わないのがその証拠だ。我慢できないんだと言った真芝に、ほんのかすかに残っていたためらいさえ消えたのか、ふるりと震えた秦野はただため息して目を潤ませる。

「脚開いて、秦野さん。脱がせられない」

羞恥に顔を歪めながらも命令じみた言葉に従う秦野が堕ちたことを知り、淫蕩な笑みを浮かべた真芝はじりじりと下着ごとゴムのウエストを引き下ろす。

「はや……く」

「焦らないで」

余った指で腰骨のあたりを撫でながら、ゆるゆると下ろすのはわざとだった。布の擦れる感触にも真芝の指にも震えて、堪えきれなくなった細い腰は促すようにうずうずと揺れはじめている。

「吸うのと舐めるの、どっちがいいですか？」

「もう、……んなの、どっちでもい……っ」

現れた先端は赤くねっとりと濡れている。ひくひくとなにか生き物のように震えながら、粘膜を守るようにじわじわと体液を溢れさせていた。

「ん？」

「あ、は……っ、あ、いや……！」

淫靡に過ぎるその性器に、やわらかく舌を当ててやれば秦野はびくっと竦みあがった。ぎこちない動きしかできなくなった細い指が真芝の頭を摑んで、引き剝《は》がしたいのか押しつけたいのかわからない動きで髪をかき混ぜていく。

「はあ……っ、あ、まし、真芝、真芝ぁ……！」

わざとのように何度も啜りあげるような音を立て、じゅるじゅると響くその音に秦野はがくんと首を折った。半開きの唇が何度も舌で湿らされ、とろりとした光をたたえる目はもう、焦点が半ばあっていない。

「も、もっと……もっとっ」

こうなった秦野はもう、普段の羞恥もなにもない。真芝の髪を摑んだ指先も、艶めかしく男を唆すための動きを見せ始め、浮き上がった腰骨をくねらせる姿は淫らそのものだ。

「もっと？　どうしてほしい？」

「しゃぶって、……あ、あ、そこもっと、強く……っ」

どこを、と重ねて問えば自分の指で触れさえする。官能に巻きこまれた秦野は従順で、快楽に浸ることをためらわない。その理性を吹き飛ばすまでが手こずりはするのだが、一度こうなってしまった秦野は真芝がたじろぐほどに大胆にもなる。

「たまらないよね……こうなっちゃうのが」

日常の清潔さが嘘のように、あの純情なまでの穏やかな彼が脚を開いてねだる姿は、おそろしいまでに扇情的だ。

「あ――……あっいい、あ、そこいっ……もっと」

全体をすっぽりと含んで吸い上げ、せがまれた通りに舐めしゃぶりながらうしろに指を這わせる。丸い小さな尻は何度も緊張と痙攣を繰り返していて、肉の狭間《はざま》に指を添わせれば既にきゅうっと挟みこむような動きをみせた。

「あ、も、……溶け、そうっ……ふあ、ああ！」

「こっち、どうしようか……？」

見せつけるように舌を出し、その次の愛撫を口にしなければしてやらないと目顔で語る真芝に、一瞬だけ秦野は悔しげに唇を噛んだ。

「ね、言ってください。そしたら、その通りにしてあげる」

どうしてほしいのと、やさしくひそめた声を吐息ごとふきかけながら膨れあがった性器の根本を噛んでやると、その気の強い光も一瞬で消えていく。

ほっそりとした熱い指が、真芝の手を掴んだ。そうしておずおずと引っ張られ、添えた指ごと自身のうしろに回される。

「こ、……ここも、こっち、も」

舐めて、とせがんだそれは既に声にはならず、高ぶった感情に伴い溢れた涙ごと、真芝の唇に吸い取られていった。そのまま身体を反転させられ、震える背中をさらしてももう抗うこともしない。

だがテーブルの端を掴んだとはいえ立ったままの体勢で、秦野はずいぶんとつらそうに見えた。

「なん、こんな……半端な」

一度は腿まで引きずり下ろした下着を再度、反り返った性器の先に被せ、尻の奥だけをさらした姿も恥ずかしかったのだろう。顔をしかめて頼りない目を向ける彼に、真芝は目を細めた。

「いっちゃうと、床が汚れるでしょう？」

これならいっぱい出してもいいよ。火照《ほて》った耳の裏に囁きかけると、細い背中がきゅっと竦む。

「あ、あ……」

薄く張りつめた背筋の中心、背骨のラインに沿って舌を這わせていくと、震えながら待っている白く丸い尻が幾度も緊張をみせた。やわらかくあたたかいそこを、そっと触れるか触れないかという手つきで撫で回し、期待と不安に竦みあがる秦野のうねる背中を、真芝は目を細めて眺める。

「背中、きれいだ」

浮き出した肩胛骨《けんこうこつ》が本当に羽根のように見えて、汗の滲むそこを啄みながら徐々に真芝は下降していった。陶酔を滲ませた声で告げた言葉通り、余計な肉のない秦野の背中はくっきりと骨が浮き上がり、しかし貧弱な印象はない。

「壊しそうだね。小さい」

「や、ばか」

片手ではゆっくりとその丸い形を確かめるようやさしく揉みながらの言葉に、秦野がまた体温を上げた。気づいた真芝は尻を撫でつつもう片方の手を胸に回す。

「びくびくしてるね」

跳ねるさまが伝わるほど高鳴っている鼓動は、いつ奥深い肉に触れているのかとおののいている秦野の心をそのまま教えてくれるようだった。

「ふ……っは、ぁは……」

声を殺してもわかる。早くこの、淫らで脆《もろ》い肉を穿《うが》ち、犯してくれと、秦野の肌が泣いている。

訴える背中を見つめ、無意識に真芝の唇が上がる。強烈な飢餓感と歓喜を覚えながら吸い取る汗は、なめらかな肌の感触と相まってひどく口に甘かった。

「ひあ、い、あ……っ、も、もう」

「もう？」

特に弱い左の腰あたりを幾度も舌で撫でていれば、ぶるぶるとしなやかな腿が震えた。早くとそれだけを呟き、テーブルの上で腕の中に顔を伏せた秦野は苦しげに肩を上下させている。何度もかぶりを振り、涙目で流し見る彼の頬はもう流れるほどの汗で光っていた。

「あ、あー……あああああ！」

さんざん焦らしたせいだろうか、押し開いた肉の狭間は舌で触れた瞬間にはすぐに開いた。尖らせた舌で上下に撫でたあと、おしゃぶりを待つ子どもの唇のようにいじらしい綻びを指で押す。

「ぱくぱくしてる。すぐ入りそう。そんなに欲しい？」

「ああ、ああ、……言う、なっ、あ……っ！」

惑乱を滲ませた目から、大粒の涙が溢れ出す。哀れで淫らな横顔を見せた秦野の頬を軽く撫で、そのまま真芝は欲しがりな粘膜へと口づけた。

「ひ……いっ、あんっあんっあんっ」

鼻先にふわりと香った清潔なそれは、先ほど秦野の首筋から漂ったのと同じ香料だろう。

ぬらぬらと舌でそこを撫でながら、真芝は指摘する。

「きれいにしててくれたんだ？　ここ」

「う……る、さい……！」

ばか、と秦野は怒鳴ったが、図星なのはわかった。電話があった時、おそらく出るのが遅れたのは風呂のせいだろうと見当はついたが、そのあとこうして、抱かれることを意識してくれていたことこそがひどく嬉しい。

「なんで怒るの。嬉しいのに」

「ふあ、は、……いや……っあ、なかまで……っ！」

奥まった場所を清める、その時の秦野の姿を想像するだけでスラックスの中が痛いほど張りつめた。既に限界を訴えて真芝も息を乱しながら窄まった箇所へ舌をねじこみ、指先を含ませて交互に差し入れる。

「い、ちゃう……も、い、いいっ」

「まだでしょう」

ひとつふたつと指を増やし、きゅうっと強ばっては弛緩《しかん》する尻に軽く噛みつけば、秦野は細く尾を引く、淫靡な声をあげて身を揉んだ。さらに強い刺激を欲しがっているのがわかるその仕草に、真芝もいよいよ堪えきれないような気分になる。

千切れそうなほど尖った乳首を指の腹に転がし、手のひらに伝わってくる脈動を心地よく感じながら身を起こした真芝は、テーブルに縋ってしゃくり上げる細い背中に覆い被さった。

「ねえ、……ここに、突っこんでほしい？　強くしていい？」

「あう……っ、こ……で、なか、して……っ」

あえて下品な物言いをしても、秦野はもう意識も半ばはっきりしないのだろう。従順に頷いてただ真芝の言葉を繰り返し、早くと急かすように小さな尻を震わせる。そのたび根本まで食いこませた指先が、何度もきゅうきゅうと締めつけられた。

熟れた肉の感触は指先にさえ性感を覚えさせる。硬く、綻ぶことを知らないままだったこの小さな器官は、真芝が慣れさせ男をくわえこむことを味わうように変えたものだ。

「なにがいい？　ここにある瓶、いれてあげようか」

「い、や！　やだっ、そ……いや!!」

する気もないくせに、ダイニングの上にあったドレッシングのボトルを振ってみせれば秦野は怯えた声を出す。だが、その中に一瞬だけ歪んだ愉悦が混じったことを真芝は感じ取った。

「いやらしい、秦野さん……感じたでしょう」

「ひ……や、いや……あ」

言葉で追いこみ想像させると、秦野はことさら感じる。いたぶるようにして性技を仕込んだ日々にも、怖がりながらどこか危ういところへ堕ちていくのは早かった。感受性が高く想像力のあるタイプの方が、この手のことに溺れれば激しい。指では届かない神経までをも刺激されるのだろうか。

「……っじゃないと、や……」

時折こうして彼を泣かせながら、望むままの言葉を愛撫を引き出されているような気分になる。それが悔しい気もして、執拗に追いこみ虐《いじ》めてしまいたくなることもある。

だが、続いた言葉に真芝は、凶暴なまでの情欲が変化するのを知った。

「ここ、ここにいれ……の、真芝しか、いや、だ……っ」

「秦野さん」

「ほかのいれな、……いれな、で……モノなんか、いやだ、そんなのでよくなるのはやだ……！」

無機質なモノなどで感じたくない。拓《ひら》かれるなら真芝がいいと、しゃくり上げながら振り向いた秦野は訴える。

「嘘。いれないよ」

「ん……」

「俺以外になんか、そんな……させないから」

意志のないモノであってさえ、この甘い熱を味わうことを許せるものかと真芝は思う。

タチの悪いからかいを見せた自分に、泣いて縋ってくる、従順な蠱惑《こわく》に蕩けたこの身体を、誰が。

「あなたは俺だけに、感じてればいいんだ」

「んん、あ、……ふ、あ！　あ、かんじるっ、まし……っ」

追いつめるつもりがすっかり追いこまれ、がくがくと崩れそうな腰を支えたまま、真芝は苦しいほどになっていた自身をゆっくりと突き立てていく。

「はいってくの……わかる？」

「わかっ……あ、……いや、ひろげ、いやぁ……うあ！」

最後までを収める瞬間強く突き上げると、短く叫んだ秦野はびくっと背中を反らし、曲げた肘《ひじ》を身体に引きつけた。そのまま喉奥に鋭く呼気を吸いこみ、ぶるぶると緊張したまま震え続ける。

「き、……っつ」

強烈な締めつけに真芝も一瞬眩暈を覚えたが、そのあとでうねるように蕩けた粘膜に思い当たり、胸をいじっていた手で下肢に触れればそこはどろりとした感触をもたらした。

「いっちゃった？」

「はあっ……はあ、あ、……いっ……いや」

前に被せたままの下着の中で滴るほど濡れた性器を摑むと、脱力しかかった身体がびくりと躍る。

「ぐっしょりだ、秦野さん。こんなに……いっぱい出して」

痛みでも覚えているかのようにつらそうな顔をして真芝を振り仰ぐ秦野は、弱々しくかぶりを振って触らないでほしいと告げたが、聞けたものではないだろう。

「あ、や……さわっ、あ、こ、擦ったら……だ、……あ、あああっ」

「触ってなかったのに」

そっと手のひらに包んだ性器に、粘りを帯びた体液を塗りつけるようにしてやる。腰を揺らし、そのたび甘く吸いついてくる身体が愛おしくて、本当に壊しそうだと散漫な頭で思う。

「おしりでいっちゃうようになったの、……いつだったかな」

「う……っ、んん、も、覚えってな……う」

真芝自身の腰はさほど激しく動いていないのだが、小さな尻は前後するように揺すられ、足下を見れば必死に爪先を丸めながら崩れそうな身体を支えている。下着の中では指を動かすのもあまり自由にはできず、そのもどかしさが秦野を惑わせるらしかった。

「ここ感じる？　秦野さん……どう？」

「か、じ……感じっ、るから……っ、も、もお、きて……！」

我慢も限界というように秦野はうずうずと腰を振り、お願いだからとすすり泣きながら自らの手で弱いところに触れてくる。次第に動きを早めた真芝に何度も突き入れられる粘膜に両手の指をかけ、ここを、と喉をつまらせながら誘う声はあまりにも卑猥だった。

「つい、突いて、いっぱい突いて、……ぐちゃぐちゃにして……っ」

「してあげる」

引きずり出した嬌声にどこか歪んだ安堵さえ覚えながら、望んだままにと真芝はその脆い淫蕩な場所を抉った。肉がぶつかる音を立てるほどに激しく揺さぶっても、秦野は痛がるどころか押しつけるように腰を上げ、動きに合わせて粘膜を収縮させてくる。

「おっき、あ、……おっきぃよ、真芝おっきい、……あたるっ、そこ、あた、当たってる……っ」

「すごい、ね……もう、とろとろだ」

体感したまま、意味不明のことを口走る秦野を強く犯す動きの激しさに、がたがたとテーブルの脚が浮き上がる。時折ついてこれずに膝を笑わせた秦野の肘を摑み、奥まった場所に先端を押し当てたまま真芝は小刻みに腰を揺すりあげた。

「舐めるみたいに動くね」

「そん、知らない……っ」

揉みこまれながら転がされるようなその動きに、自身の限界と秦野のそれを悟って、真芝は悶え泣く身体をきつく抱きしめた。忙しない息づかいの合間にも秦野は甘く乱れた声をあげ続け、真芝の性器に絡む内壁の動きが間欠的にひどくなる。

「いっちゃう？　……ねえ、またいく？　俺も……一緒にいっていい？」

「ひいっ、い、いく、またいっちゃ……も、いくっいくっ……きて、あ、……かけて……っ」

最高潮に感じた瞬間、中で放たれるのが秦野は好きだ。確認のためでなく、性感を高めるためだけに問えば、啜りこむような動きとともにねだられて、真芝はうっすらと微笑んだ。

「飲んじゃって……ここで」

「のむっ、あ……いあ、いっぱ……い、いっぱいっ」

「じゃ、……いく、から」

いっぱい飲んで。淫猥に過ぎるような声で呟き、繋がったままひときわ大きく、抉るようにして腰を使いながら真芝は自身を解放する。

「あっあっあっ！　……あ……！」

激しく叩きつけるような放埒に、秦野の身体は二度大きく跳ね上がり、そうして最後に搾り取るような収斂《しゅうれん》を繰り返したあと、膝からがくりと前方へ崩れ落ちた。

「ちょ、秦野、さん……？」

「はあ……っ、はっ、はっ……あ……っあんっ」

頭から前のめりになり、秦野の手が縋ったテーブルはずるずると前方へ滑っていく。床にへたりこむ動きに、真芝のそれも抜き出され、つぷんと音を立てて拡《ひろ》がりきっていたそこが閉じる瞬間、軽く達したように秦野は声をあげた。

「大丈夫……？」

「……っ」

声をかけても、膝を曲げたまま剝き出しの尻を床につけた秦野は無言で首を振るばかりだ。

「ごめんなさい、ひどく……」

「……くて」

テーブルの脚に縋るように腕を巻き付かせ、激しく肩を上下させたままぐったりとうなだれている姿に、真芝も少しやりすぎたかと肝が冷えた。

しかし、何度か咳《せ》きこんだ秦野の唇から発せられた声は、怒りも苦痛も訴えてはいない。

「ちょ、すご……くて、腰、抜け……っ、た、立てない」

「あ、……そ、それは」

くたっと上体を倒して言った彼に、いまさらに顔が熱くなった。そっと背中に手を当てて抱き起こすと、秦野は泣き濡れたあとの赤い頰を胸に埋《うず》めてくる。

「立ったままは、いくらなんでも……」

「すみません。余裕が、ちょっと」

よく見れば床に投げ出したままの脚がまだ小刻みに痙攣している。嫌がるかと思ったが、他に方法もなく横抱きに抱え上げようとした真芝の、結局ほどきもしなかったネクタイを秦野は摑んだ。

「待てって……おまえ、その前にスーツ、脱げ」

汚れるだろうと、力なく身体を丸めて精液にまみれた下肢を隠そうとする秦野に、もういまさらだと苦笑した。第一そんなことを気にするくらいだったら、最初からこうも強引な真似はしない。

「いいです。自己責任ってことで……お風呂、入りたいでしょう」

ひどくした自覚があるだけに、せめてこれくらい甘えてくれと願いながらそっと細い身体を抱き上げた。骨が細く華奢な秦野は一見軽そうに見えるのだが、全身の筋肉が無駄なく引き締まっているせいか、それなりに体重はある。

だが抱えきれないこともないとそのまま立ち上がる真芝に、少し疲労の滲んだ声で秦野は言った。

「あのさ。おまえ、今日……なんかあった？」

ずっともの問いたげにしていたのを身体で誤魔化すようにしていたが、聡明で意志の強い彼は結局、忘れていなかったらしい。どうしてと逆に問えば、小さな声でぽつりと言う。

「今日は、なんか、いつもと、……違った」

「——すみません。ちょっと、会社で」

やはり見透かされていたかと目を伏せ、謝ることしかできないのはばつが悪いからだ。さすがにそれ以上は言い訳じみて、真芝はきつく唇を噛んだ。

（結局俺は、変わってないのかもしれない）

苛立ちを、不愉快さを忘れたくて、慰めてほしくて強引になだれこんだセックスは、過去の自身を思い出させて真芝にはひどく苦い。しかしその、悔恨を浮かべようとした頬に触れたやわらかいものが、落ちこみそうな男を一瞬で浮上させてしまう。

「謝るなよ。……いいんだ。俺、嬉しかったから」

「秦野さん……？」

目を瞠って腕の中の相手を見下ろすと、少しはにかんだように笑っている。頬へ触れた唇をやわらかく綻ばせたまま、もう一度秦野が触れたのは驚きに開いたままの真芝の唇だった。

「なんか……久しぶりだったし、いきなりで、ちょっと驚いたんだけど」

「すみま」

「だから、謝るなって。あの……いやじゃないし、俺」

奪いとるような抱き方を見せた真芝に、こんなにも欲しがられているのかと思えば怒れなかったと、腰が立たないくせに秦野はどこか幸福そうに笑う。

「やなことあって、うちに来てくれたのかなって。それ、甘えてくれたみたいだったし、……そういうの、なんか嬉しいし」

首筋にまだ力ない両腕を巻いて、秦野はそんな甘い言葉で真芝の全部を許してしまう。

「あなたって、どうして、そう」

みたい、もなにもないものだ。最悪の方法で甘えて、だから自己嫌悪に陥っているというのに。

「あ、……ヘンか？」

ささくれた気持ちをぶつけてまるごとを許容されたあげく、嬉しがられてしまった身勝手な男は、もうただため息をつくほかになにもできることがない。

（これだから）

やさしくくるむようにして愛してやろうと思っても、すべてを奪い従わせようとしても、結局、与えられているのは真芝の方でしかない。

「なんでそう、俺のことだめにするんですか……負けっぱなしだ」

「は……？　なにが？」

深々と吐息して、抱えなおした身体の持ち主はその敗北を滲ませた声に首を傾げる。

あれほど淫らに乱れたくせに、もう邪気のない顔を浮かべてみせるのがいっそ悔しくて、嚙みつくように真芝は深く口づけた。

言葉ではもう追いつかないほどに秦野に溺れていると、他に伝える方法が見つからなかった。

いつまで経っても結局、秦野には勝てない。

「あの、真芝？」

「じっとしていて」

腰の立たない彼を浴室へ運び、ぐちゃぐちゃになった衣服を脱がせてやる。強引にまさぐった指の痕が胸の上にうっすらと赤く、真芝は目元を歪めた。

(痛かったりも、するんだろうに……なにも言わないで)

この指痕は、真芝のあがきそのもののようだ。許しているようで最後まで開かれることのない、秦野の胸の中に入りあぐね、見苦しくもがいている。

だが同時に、これだけなにもかも許してくれる秦野のことが、ひどく怖いこともある。やさしさにつけこんでいるのかと、抗うことを許していないのは自分なのかと懐疑するような気分になって、そんなおのれの矮小《わいしょう》さにも、自信のなさにもうちのめされそうだ。

胸に目を落としたまま考えこんだ真芝に、気づいているのだろう。それなのに、秦野はその苦く歪んだ頬をそっと撫でて、こんな時でも笑う。

(どうして……怒らない?)

許容と、愛情と、そして彼が言ったように喜悦を滲ませる目はまだ、先ほどの行為の名残《なごり》で濡れていた。その輝きになぜか違和感を覚えて、胸の裡呟いたのはあの頃と同じ言葉だった。

——しょうがないのさ、そういうもんだ。

仕方ない、と細い肩を竦めた秦野の目の中、結局彼にとって自分は大きななりの子どもと同じに扱われていたと知った。それが悔しいのに心地よく感じて、いままで来たのだ。

事実、そうなのだろう。こうまでなにもかもを許されるままの彼にこれ以上をと望む自分はただ強欲で、癇癪《かんしゃく》を起こす子どもだ。いけないとわかっていても止められない、どこまで欲しがるつもりなのかと、これで充分ではないかと思うのに、感情を律する方法がわからないのだ。

（いつまでも、同じことをして）

だがそれでいいのだろうか。いつまでもいつまでも秦野は真芝を許し続けて、そんなことはあり得るものだろうか。

「真芝、なに……？」

黙りこんだことを不安に思ったのか、そっと上目に秦野が窺ってくる。

真芝が強引に振る舞うことで、却って安堵の表情を浮かべる秦野に違和感を覚えるのも事実だ。

心地よくやさしい恋人が同居を渋るからには、たぶん彼なりに思うことがあるのも理解しているつもりだ。たったひとつ、それだけをかたくなに拒む理由はあまりにも色々思い当たるから、真芝も半ば諦めつつ粘っているのだが、聞き入れないことでむしろ秦野の方が気にしているのも、知っていた。

（俺が、追いつめてるのか？）

それ以外の我が儘はすべて受け入れるのも、それが原因なのだろうか。しかしそんなことくらいはきちんと、折り合いをつけて拒むなりできる秦野であるはずなのだ。

小さな顔に落ちた睫《まつげ》の影の濃さや、細い静脈の透ける首筋に、痛々しいほど細い身体だと改めて思う。だがその繊細な造りに反して、秦野の印象はひどくおおらかな、明るいものであったのに。

それほどに懐深い彼が、それならばどうしてこの瞬間、こんなにも頼りなく儚《はかな》く思えるのだろう。

ささやかで、しかし重大ななにかを見落としているような不安がよぎり、真芝は華奢な身体を強く抱いた。

「なんだよ……?」

容赦ない力で抱きしめても、苦しいと言いながら笑う。愛しているとそれしか言えない真芝に応え、はにかむよう微笑んだ秦野に覚えたものは、理由のわからないようなせつなさだけだった。

＊　＊　＊

冬の曇天が続く日にも、うつくしい空を見ることができる。

通称『天使の梯子《はしご》』と呼ばれる現象だ。重くたれこめた雲の切れ間から、真っ直《ます》ぐに何条もの光が差すそれは名称通り天地を繋《つな》ぐ梯子のようにも見える。ほの暗い地面に描かれる光の模様は、周囲から切り取られるようにそこだけを明るくして、まるでなにかの救いのようにも思えるほどだ。

そんな光景を、秦野《はたの》のマンションのベランダからぼんやりと眺めた真芝《ましば》は、口元に銜《くわ》えたままの煙草の煙とともに深いため息を吐き出す。

紫煙とも、外気に凝ったものともつかない白い塊が雲のようにたなびいて、目元をかすめたそれに真芝はぼそりと呟《つぶや》きながら目を眇《すが》めた。

「寒い日だってのに……大丈夫なのか？」

洗いざらしの前髪も伸びかけのせいか鬱陶《うっとう》しく、もう一度深く息を吐いてそれをかきあげる。

この日は日曜で、真芝はこのところの習慣のままに秦野の予定を窺《うかが》うこともなく訪れていた。

だが、前日の夜になってお互いのスケジュールを確認しそこねていたと気づかされたのは、部屋に入るなり拡《ひろ》げられていた段ボールの山を見たからだ。

「ごめんな、散らかしてて」

「どうしたんですか、これ」

「え？　……えっと、言ってなかったっけ？」

保育園のバザーで出す商品だと、せっせと箱詰めをしながら秦野が答え、真芝ははっとなる。

「もしかして……明日ですか？」

「え、嘘、俺それ、言ってなかった？」

聞いてはいたが、自宅に持ち帰りの仕事が出るような状態だとは思わなかったと面くらうばかりの真芝に、秦野は手にした箱に包装紙をかけながら告げる。

「うちでやるやつ、バザーっていっても、半分は有志のフリーマーケットなんだよ。だからご近所のひととかが自由に参加するし、倉庫がもうそれでいっぱいになっちゃって」

園内では管理しきれなくなった分を、それぞれ保育士たちが持ち帰り、ラッピングなどの体裁を整えることになったのだと秦野は言う。

「ああ……それでこんなに」

「言ってるつもりだった、悪かったなあ」

ごめん、と慌てる秦野に真芝こそが焦った。バザーといっても保育園の主催、たいしたことはなかろうとたかをくくっていたのだが、町内総出のフリーマーケットとなれば結構な規模だろう。

「とんでもない。俺こそ気づかなくてすみません。それだったら今日、遠慮したのに」

一度床に下ろしたブリーフケースを横に押しやり、真芝が邪魔ではないかと言いかければ、なぜか秦野は焦ったように口ごもりながら立ち上がる。

「あ、あの、でも、すぐ終わるし」

スーツを脱ぐこともせず荷物を抱えた真芝が、帰るとでも思ったのだろうか。めずらしい慌てた様子に思わず笑みこぼれつつ、どこかほっとする自分を真芝は知った。

「帰りませんよ。久しぶりなのに」

井川《いがわ》の昏《くら》い目に飲まれそうになった夜、唐突に訪ねて彼を抱いてから、もう三週間が経《た》っていた。

年度末に向けていよいよ来期予算の算出が迫られる時期、あの気位の高いミリオンの嘉島《かしま》千瀬《ちせ》との話し合いが膠着《こうちゃく》して、家に帰ってもそれこそプランの練り直しにパソコンを睨《にら》む日々だったのだ。

「仕事、一段落ついたのか?」

その中に少し、あの夜の自分の我儘《わがまま》さを反省する気持ちもあったのは事実だったが、間の空いた逢瀬《おうせ》にどうやら、秦野も寂しがってくれていたらしい。

たまの電話で気遣いの言葉をくれながら、次はいつ、とめずらしくも秦野から切り出されていたほどだ。すぐにも飛んで行きたい気持ちになりながら、試案を出しても出しても首を縦に振らない営業や、妥協を許さない千瀬に負けたくはなかった。

「おかげさまで」

にやりと笑ってみせたのも、あの冷静で切れる女からこの日ようやく了承を告げる言葉が出たからだ。その強気な笑みに、秦野は少しほっとしたように唇を綻《ほころ》ばせ、なぜか頰《ほお》を薄く赤らめる。

「ゆっくりどうぞ。なんなら、手伝うけど」

「いや、でもおまえ疲れてるのに」

ふたりでやった方が早いんじゃないかと、上着を脱いでシャツの袖《そで》をめくりながら告げる。さらに驚いた秦野の大きな目が丸くなって、ぶんぶんと首を振るから口づけてそれを止めてみた。

「……ん」

待っているような気がしたのは勝手な思いこみではなかったらしく、軽いそれで終わるつもりだった真芝の首に縋《すが》りついたのは秦野の方だった。小さな舌をおずおずと出して唇を開くから、そのままやわらかに舐《な》めてやる。

性急に高ぶる情欲を押しつけるのではなく、疲れてささくれた気持ちを宥《なだ》めるようなこの口づけは、真芝が秦野に教えられたものだ。甘くゆっくりとお互いの温度を確かめて、唇を離して見つめあうと、ほっとしたように胸にもたれてくる秦野の髪を梳《す》いた。

「で、これはどうしたら？」

「ラッピング……なんだけど、その」

大小の小箱に、それぞれの家庭から持ち寄られた小物類を仕分けていく作業は済んでいたが、どうも秦野は包装がうまくないようだった。なんとなく端のよれた小箱をつまみ、真芝は苦笑した。

「なら、そっちで箱詰めだけしてくださいよ。俺が包むから」

新入社員時代、百貨店での研修を行った際にラッピングはたたきこまれている。

営業時代には生かすことはできなかったが、基本的に真芝はなににつけ手先が器用だ。現在の企画部では外注からあがったデザイン画をレイアウトして書類作成をしたり、ラフ案の図面を書くこともあるし、簡単なディスプレイならば紙細工のようにして模型を作ってみせることもある。

また、そうした真芝の能力を認めて企画に引っ張った、鎌田《かまた》の目も確かだということだろう。

――この図面はどなたが？

何度目かの打ち合わせの場において、千瀬が店舗展開の企画書の中でラフ案として書かれた配置図を見て問いかけた時、自分だがと答えれば意外そうに目を瞠《みは》っていた。

自社製品のデザイン監修にも携わっている彼女は、美術の勉強はしたのかと重ねて問い、まったくの我流だと答えた真芝にはじめて、興味深そうな視線を向けた。厳しい女はそれ以上言葉で褒めることはしなかったが、認められたことがわかって、面はゆくも嬉《うれ》しい。

「おまえ、包装うまいなあ」

「秦野さんは研修でやらなかったの？」

「……やったけど」

身につかなかったということかと、細い指を眺めて真芝は喉奥《のど》で笑う。ばかにしたのかと頬を染め、軽く蹴《け》ってくる秦野に謝りながら、日常のことには達者なのに時折不器用なその手がひどく愛《いと》おしいと思った。

しかし恋人の表情に顔をゆるませていられたのもそこまでで、思う以上に量のあるそれらに手こずり、すべてのものを包装し終えたのは朝方になってからのことだ。

「くあ……」

大きくあくびをして、長い腕を伸ばした真芝が湿った睫《まつげ》を瞬《またた》かせると、儚《はかな》い光のオブジェはもう既に消えていた。寝不足の目にはこのくらいの光量でほどよいが、秦野は大丈夫だろうか。

結局一時間も寝ることはできなかったが、早朝、保育士仲間の運転してきたバンに荷物を詰めこんだ秦野はごめんごめんと謝りながら出て行った。

——寝てていいから、ごめん。ゆっくりしてて。ほんとにごめん。

仕事明けに徹夜で荷運びまで手伝わせたことを何度も詫《わ》びる秦野の方こそ、目が赤かった。細い肩にダウンジャケットを着こんで、ますます頼りなく見える彼のつむじを見下ろしながら真芝が思っていたのは、人目がなければこのまま軽く口づけて宥めることもできるのにと、そんな程度だ。

「寝るってもな」

秦野が慌ただしく出かけていったあと、散らかったリビングで片づけをしながら真芝が思ったことは、やはりこの部屋はひとりでは持て余すだろうということだった。

リビングから眺めるモノの少ないこの空間に、物寂しい感じを覚えるのは決して主観ばかりではない。家族用の分譲マンションは間取りがゆったりとしていて、それが売りでもあるのだけれどもひとり暮らしには根本的に広すぎるのだ。

(なんだか寒いな。広いせいか、……それとも)

根元まで灰になった煙草を指先で揉《も》んで始末し、暖房の効いた室内に戻った真芝はソファに腰を下ろす。自分が帰ったあと、こんな寒々しいところであの小柄な彼は、どうやって過ごしているのだろう。考えればやはりやるせなかった。

訪ねれば嬉しそうにはしてくれる。突然のそれも拒まず、連日居続ければむしろ別れ際に頼りない顔を見せるのは秦野の方だ。

（じゃあ、どうしてあんなに、同居だけは頷《うなず》かないんだ）

会えない間、そのことについてたびたびと真芝は考えた。拒まれず許されながら、どこか最後のラインを引いている秦野について思う、そのあたたかくせつない感情についても。

目を向けた先、廊下沿いにあるひとつの扉。ふと立ち上がり、じっとその前にたたずんで、真芝は考える。この奥の空間に、なにがあるのかとじっと目を細めてみても、物言わぬ扉は答えない。

秦野のマンションの中で、真芝が立ち入ることを許されないのはここだけだ。施錠されたまま開かないそれが、秦野自身のように思えてため息が出る。

「結生子《ゆうこ》さん、だっけ」

生きていれば壊れていく想いもある。しかし、話に聞くうつくしく聡明《そうめい》であっただろう彼女の面影は、時を止めたからこそ秦野の中にいつまでも、残り続けているのだろうか。

写真さえ、真芝は見たことがない。あの情の深い、礼儀正しく情緒的な秦野が、遺影さえ残せないほど深く想っていた女性に、嫉妬《しっと》にも似たものを覚えるのは仕方ないことだろう。

「あのひと、ここから出して……俺に、くれませんかねえ」

こん、と軽くノックをしながら、複雑な笑みを浮かべた真芝は呟いた。

「傷つけた分、大事にするから、お願いします」

声に出してしまったそれに、ばかなことをと思う。そうしながら、死んだ人間にはどうやっても勝てないと、諦《あきら》めにも似た感情を覚えてもいる。

「なにやってんだ？　俺は」

まったくらしくもないと、一連の行動に今度こそ自嘲《じちょう》がこぼれた。こんなにも感傷的で観念的な人間ではなかったはずなのだが、秦野を深く想うちに、本当に自分は相当に変わったらしい。

それでも、あの寂しい彼を捕らえたままの彼女に向けて、ほんの少しの妬《ねた》ましさと同時に敬意を覚えるのだ。少なくとも結生子のいた時間、秦野は確かに救われていたのだろうから。

(俺には、それができるんだろうか)

かすかに目礼して扉から離れ、きびすを返した瞬間真芝の携帯が鳴り響く。本社は休みになる日曜とはいえ、真芝が企画を担当した小売店舗から確認の連絡が入ることもままにある。

「誰だ……？」

仕事の呼び出しであれば面倒だと顔を歪《ゆが》めつつ、着信の通知を確認すれば見たこともないナンバーだ。

ワン切りのしつこさに辟易《へきえき》して、大抵の場合は未登録の電話に出ないのだが、いつまでもコール音はやまない。仕方なく、真芝は通話ボタンをオンにした。

「――はい？」

『あ、真芝、寝てたか？　ごめん！　ごめんな？』

億劫《おっくう》な声を出すや、聞こえてきた声は思ってもみない相手からのものだった。急《せ》いたまま挨拶《あいさつ》をしない秦野の焦った声の背後に、がやがやと忙《せわ》しない気配がする。

「いえ、寝てなかったけど……どうしたんです」

なにか忘れ物でもあったかと部屋を見回すが、それらしいものはなにもない。だが、困り果てた声の秦野はくどくどと説明をしている時間もないらしく半ば悲鳴のような声で助けてくれと言った。

『バーベキューができない……っ』

「……は？」

頼られた嬉しさと同時に、その情けない声に真芝が覚えたのは、いったいなにが起きたのかという困惑だけだった。

＊　＊　＊

電話で説明を受けた保育園は、秦野のマンションから五分ほど走った場所にあった。久しぶりに履くスニーカーは脚を軽くして、ともかくもと地面を蹴って真芝は道を急いだ。

「秦野さん！」

門の横には『ひまわり保育園・バザー会場はこちら』という看板があって、そこの横で所在なくしていた秦野を見つけると、彼はほっとしたように強《こわ》ばっていた頬を少しゆるめる。

「ま、真芝……ごめん、呼び出して」

「いいけど、大丈夫ですか？」

おろおろとなった秦野に状況を聞き出したところ、突然のヘルプコールは、ヘルニアの持病がある園長がこの寒さと外での設営が響いたのか、腰を痛めて動けなくなってしまったことによるものだった。真芝が駆けつけた時には既に救急車が走り去っていくところで、日曜の早朝にものものしいサイレンは鳴り響き、バザー準備に追われるひとたちもどこか不安そうだ。

「それで、準備はどこまで」

「まだ全然途中で……この時間は保護者も少なくて、まだ女のひとばっかりだし、それにこれ、鉄板で重いし」

寒空の下でのイベントといえば、屋台の食べ物が欠かせない。ご多分に漏れず、この日も園内でバーベキューをして来客に振る舞う予定だったのだが、貴重な男手である園長が倒れてしまい、設営は中断されてしまったという。

「あー……なるほどね」

焼き台の鉄板やプロパンガスなど、明らかに女性では運搬が無理だろうものが敷地の片隅に置かれているのを確認し、これは大仕事だと、スウェードのジャケットを脱ぎながら真芝は吐息する。

「ほんとごめん、昨日から……でも俺、ほかに頼めるやつ思いつかなくて」

「かまいませんよ。とにかく急ぐんでしょう、何時まで？」

「う、うん、あの、十時までにはこれ終わらせないと、いけなくて」

じゃあ早く済ませましょうと力づけるように笑みかけると、秦野らしくもない弱気な声を出す。

「でも園長いないもんだから、なにがなんだか……副園長も救急車に乗ってっちゃったし」

情けないと不安顔をする秦野をかわいく思いつつ、ふとおかしさをも覚えてしまう。

別段秦野が特に頼りないわけではない。イベントや催事の設営というものは慣れていればどうということはないのだが、その全体図が頭に入っていない人間にはただ困惑するしかないものだ。

（なんだか、昨日からこんなのが続いてるな）

企画部の仕事でしごかれたおかげで、催事慣れしていてよかったとしみじみ思いつつ、抜かりなく視線をめぐらせて真芝はこれならいけると判断する。動きやすい服装で来て正解だと、久しぶりのジーンズに包まれた長い脚を進めて、真芝は大丈夫だと言いきった。

「これなら見当はつくから、なんとかなる」

「え……？」

ざっと園内の敷地を見回し、真芝は一部業者に頼んでいたらしい屋台の配置を確かめる。屋根になるテントだけはセット済みだったのは幸いだろう。

「たぶん、あそこのテントだけ空きになってるし、大きさから考えてもあの場所でＯＫでしょう」

「そ、そうかな」

「まあ、違ってたらその場で対応すればいい。とにかく運んで、そっち持つから」

一番の部外者であるはずの真芝がてきぱきと指示をして来るのに、反射的に秦野は従った。切り替えは早い彼らしく、動作に無駄はない。

「じゃあそっちセットして……秦野さん？」

当初は運ぶことだけ手伝ってくれと言われた真芝だが、これはどうやらほとんどの設営を手伝う羽目になると悟ったのは、ものの五分も経たない頃合いだ。

「これ、もともと園長の趣味で持ってる私物だから、俺……」

ガスの設置をしていた真芝は簡単なグリル部分を秦野に任せたのだが、それもままならなかったらしい。鉄板の組み合わせ方法すらわからないらしく、途方に暮れた顔をするばかりだ。

「ごめん、全然わかんないんだ、どうしよう」

おぼつかない細い指、困り果てる秦野を見るに見かね、真芝は仕方ないと苦笑した。このままでは慌てた秦野がうっかり怪我でもこしらえかねないし、それを案じてはらはらする方がしんどい。

「わかった、いいです。あっちで野菜とか切ってるから、あの班に合流してください」

もうこうなれば設置はひとりでやるしかないだろう。得意部門に秦野が入った方が全体の進行も早いだろうしと、笑み混じりにため息をつきつつ告げれば、大きな目がすまなそうに見上げてくる。

「真芝、あの」

「時間、ないんでしょう？」

謝ろうと開かれた唇に、汚れの少ない手の甲で触れて言葉を止め、真芝は早く行ってと促した。

「ん、あの。……ありがと」

軽く触れただけのやわらかいそこは一瞬、甘い息を漏らして震える。照れたようにぎこちなく笑った秦野が細い背中を翻し、走っていく。

「さてと……大物だなこれは」

軍手やそのほかの必要な小道具はすべて揃《そろ》えてあって助かった。学生時代、サークルのキャンプなどでよくアウトドアの遊びはこなしていたため、この手のことは得意だった。とはいえひとりでの設営はやはり相当な体力勝負ではある。

どうにか焼き台をセットし終え、無事にガスが通ったのを確認した真芝は、真冬に大粒の汗を流しながら、ダンガリーの下に着こんだTシャツの裾《すそ》で息を弾ませつつ額を拭《ぬぐ》う。

「あの……お疲れさまです」

鉄板に熱が通るのを見守りつつ、真芝が疲れたと広い肩を上下させていると、穏やかな声とともにそっと差し出された紙コップとタオルがあった。

「ああ、どうもすみません」

熱いコーヒーの香りにほっとしながら、受け取った真芝は汗を拭って親切な女性に目を落とす。

(うわ、小さいひとだな)

一瞬その人物を見つけそこねたのは、相手があまりにも小柄で、真芝の胸に届くか届かないかというような身長だったからだ。

ジーンズにトレーナーと飾り気のない服装だったが、若くかわいらしい彼女は園の職員だろうか。

「こちらこそ、ご迷惑おかけして、すみませんでした。ゆき先生のお友達の方なんですよね？　父が突然倒れたので、ほかに男性もいなくて慌てたんですが……本当に助かりました」

「ええ、まあ。あの、あなたは？　父……っていうと」

「あ、申し遅れました。私ここの保育士で、日向茉莉《ひゅうがまり》といいます。園長が父なんです」

家族経営の保育園にしては大きい方ではあると思ったが、育ちのよさが窺えるおっとりした茉莉の口ぶりに、そういえば園長の実家がそれなりの資産家であると聞いたことを思い出した。

「そうですか、お加減は」

「あ、さっき病院から電話があって。数日で起きられるようです。本当にお騒がせして、申しわけありません」

「いえいえ。大事ないなら、なによりでした」

いつだか秦野がぽつりと告げたところによれば、彼が保育士をこころざした当時、見習いの形とはいえ未経験者の、しかも男性には間口が狭くやはり就職はなかなか難しかったらしい。

――いいところに縁があって、助かったけど。

江木《えぎ》の経営する喫茶店で常連であった園長が、秦野を拾ってくれたのだと聞いたのはいつであったか忘れたが、余裕ある園長の人柄に真芝としても感謝を覚える。娘である茉莉の人好きのする様子からも、いい環境で仕事ができているのだと真芝は教えられた。

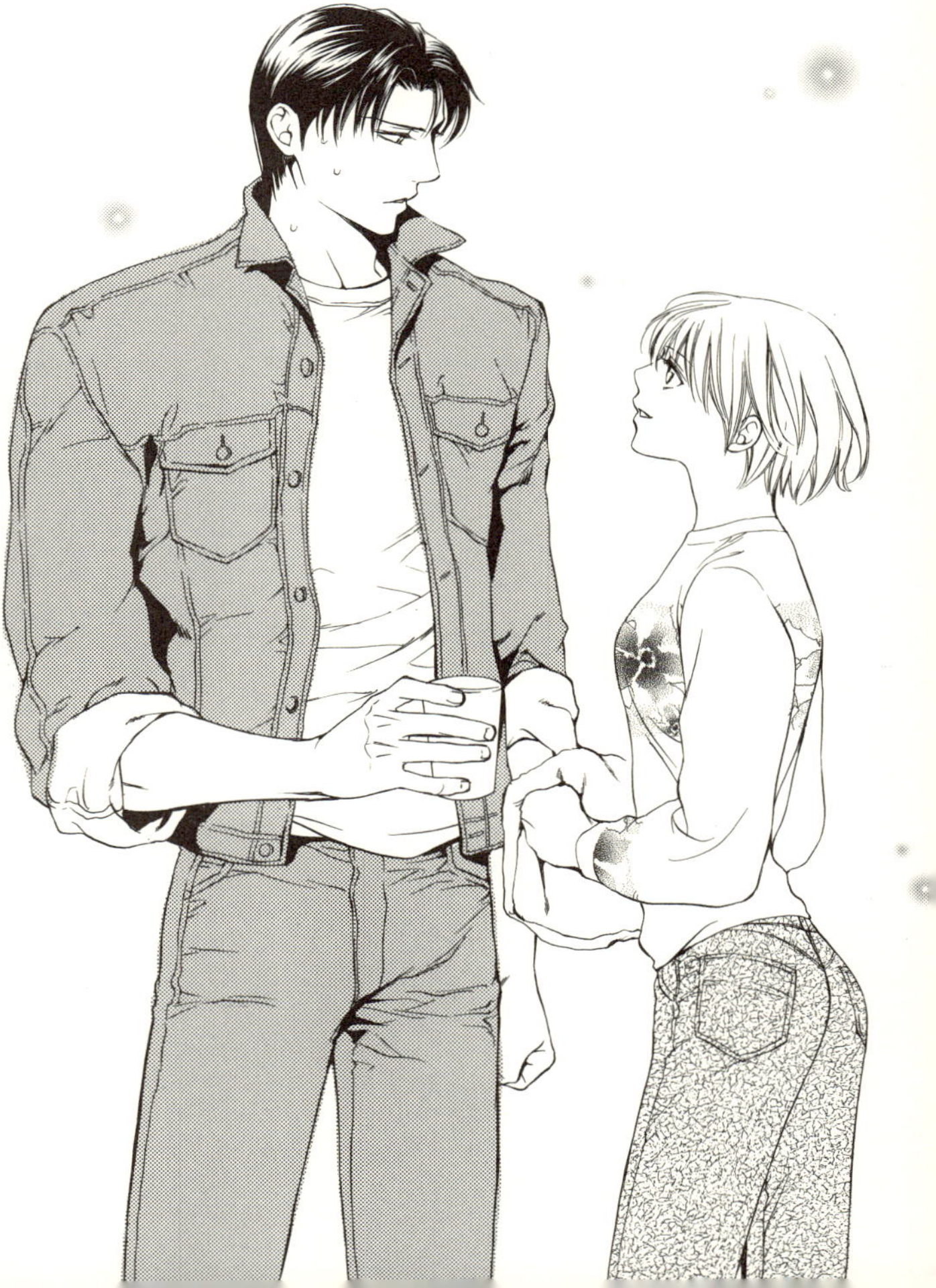

「まったく、こういうお祭りも半分、趣味みたいなものらしいんですが……肝心の本人が倒れちゃ仕方ないですよね。ひとに腰揉ませてないで、こまめに運動しろって言ってたんですけど」

若い女性にしては語尾を引っ張らない、丁寧で品のいい話し方をする茉莉は、どこかひとをほっとさせる感じがした。だが、ひとつだけ引っかかることがあって、真芝はかすかに眉《まゆ》をよせる。

「あの、もしかして、まり先生、ですか。マッサージの」

「え？　あら、ご存じで……や、やだな。ゆき先生、なんか言ってましたか？」

少し驚き、そのあとはにかんだように微笑《ほほえ》んだ茉莉の表情に、秦野が友人へ自分の話をしてくれたことが嬉しいのだと悟り、真芝は少しいやな確信を覚える。

（……やっぱりもててるじゃないか、秦野さん）

そう考えて、邪気のない笑みを浮かべる女性の顔を真っ直ぐ見られない自分の狭量さが少し、いやになる。膨れあがった不愉快な感情を誤魔化しきれない真芝の背後から、折りよく声がかけられた。

「――まり先生！　ちょっとこっち、いい？」

「はあい。あの、適当に休憩なさってくださいね。すみませんでした」

「いえ……」

ぺこりと頭を下げ、呼ばれた方に走っていく彼女をなんとなしに見つめていれば、段ボールを抱えた秦野がちょうどそちらへ歩いていくところだった。真芝には聞こえないが、談笑したふたりが仲のよい同僚らしく軽く小突《こづ》きあうのを見て、一瞬だけ眉間《みけん》が険しくなる。

特別な美人というわけではないが、充分にかわいらしい小柄な茉莉は、秦野と並べばよく似合う。

（秦野さんの、居場所か）

そろそろ集まりはじめた気の早い園児たちがじゃれるように彼らの足下にまつわりついている。

日の光がよく似合う保育園の、ひとのよさそうな職員たちの姿は、普段真芝が相手をする、営業笑いを浮かべその実きりきりと神経を尖《とが》らせた組織人たちとは、まるで人種が違って見えた。

「——あちっ」

胸のあたたまるような光景に痛みを覚える自分こそが、この場には似つかわしくないような気がした。一瞬、重く沈みそうになった気を逸《そ》らすようにコーヒーを啜《すす》れば、飛沫《しぶき》が跳ねて舌を焼く。

参った、と唇を押さえていれば、一段落ついたらしい秦野が近づいてくるのが見えた。

「あれ、もうコーヒー飲んじゃった？」

「さっき、まり先生にもらいました」

火傷《やけど》した舌を持て余し、ぺろりと唇を舐めながら真芝は目を逸らす。勝手にも、苦い悋気《りんき》を覚えた自身が情けなかったからだが、ごめんな、と目を伏せる秦野には慌ててしまう。

「こんなつもりじゃなかったんだけど」

「気にしないでいいのに」

「でも、あの、真芝……なんか、怒ってないか？」

心配そうに見つめられ、ばつが悪い真芝はそうじゃなくてと取り繕うように笑ってみせた。

「火傷しちゃって、ほら、これ」

屈《かが》んでやりながら一部白くなった舌を出して見せ、顔をしかめたのはそのせいだと苦笑を浮かべる。だが、秦野はなぜかその表情にむっと顔をしかめ、真芝の腕を引いた。

「そういう顔、すんな。さっきから、あれ誰あれ誰って、すごい訊《き》かれてるんだぞ」

「え？　あの……なにか、まずいですか」

「おまえでかいし、むっとしてると怖そうだからみんな声かけるの遠慮してるけど、……でも」

顔をしかめた秦野に「みんな見てるし」と言われて真芝がまず思ったのは、自分との関係を同僚たちに気づかれることを、彼が不安がっているのかという危惧《きぐ》だった。

（それも、当たり前か）

だとすれば少し哀しくはあるが、また仕方ないことも理解していた。

しかし、冷えかかった真芝の胸の裡《うち》は、秦野の言葉で一息に沸点に達しそうになる。

「笑うとやさしそうで、すごいかっこいいって、みんなあっちで騒いでんだから……俺、さっきから紹介しろってうるさく言われて」

「は……？」

ほんの少し、周囲から見えない角度で真芝の胸のあたりを摑《つか》んで離した指の持ち主は、明らかに悔しそうに唇を嚙《か》んだ。まさかと思いながら、真芝はそろりと伏せた目を覗《のぞ》きこむ。

「秦野さん。……あの、それ。妬《や》いてるようにしか、聞こえないんだけど」

「う、うるさい……悪いかっ」

次の瞬間にはどんと胸を突かれて、手に持ったコーヒーがこぼれそうになる。赤くなったままの秦野が走って逃げるのを追いかけもできないまま、いっそ呆然《ぼうぜん》とその場に取り残されてしまった。

「……嘘だろ」

身体《からだ》の疲労とは違う意味で脱力しつつ、真芝は笑ってしまいそうな口元を首にかけたままのタオルで覆う。反則だろうと呟き、汗の引いた身体に寒気を感じるくせに火照《ほて》っていく顔色も、誰にも見せるわけにはいかなかった。

バザーは盛況で、同時開催のフリーマーケット目当てにあちこちから来た来客で園内はごった返していた。結局その後も、真芝は勢いのままバーベキューの焼き方までを一日手伝うことになり、次から次と運ばれてくる食材を片っ端から鉄板に乗せ、皿にあけていった。

「真芝さん、すみません、キャベツもうなくなりましたっ」

「ええ!? しょうがないからじゃあ、なんでもいいや、野菜片っ端から切ってください！」

わらわらとにぎやかな子どもたちに囲まれ面くらいはしたが、そのうちそれも気にならなくなってくる。真芝は働くのは苦にならないタイプだったし、こういう忙しなさは案外楽しい。

「真芝、だいじょぶか……？　俺、手伝う？」

「ああ、まあなんとか。というか、無理でしょう？　ゆき先生は」

「う……」

汗だくの真芝にすまなそうに声をかけてきた秦野だが、苦笑してからかった言葉の通り、その両手には園児が三人もぶら下がっている。

「ゆきせんせー、たあくんお肉食べるの」

「まい、にんじんやー」

「ああもう、はいはい。ちゃんと両手でお皿もって、お兄さんにもらいなさい」

きゃっきゃっとはしゃぐ子どもたちは、秦野になついているのだろう。とにかく手でも足でもどこでもいいと抱きついて、嬉しそうに笑いながら「はあい」と元気に返事をする。

「おにーちゃん、まいにお肉くださーい」

「はいどうぞ」

真芝は特に子ども好きでもないが、秦野の連れていた園児らはおとなしく聞き分けもよさそうだった。うるさいガキなら一瞥《いちべつ》で散らすけれど、照れたように紙皿を出した「まいちゃん」の丁寧さとかわいさに、真芝も笑い返しながらほどよく焼けた数枚をトングで摘《つま》んで渡してやる。

(俺も腹が減ったかな)

ひたすら肉や野菜を焼き続けているせいか、空腹感は感じなかったのだが、嬉しそうに小さな口を開けた子どもの姿に気づかされた。しかしむしろ口寂しいのは煙草が欲しいからで、一服できればと肩を上下させつつ、この状況では無理なこともわかる。

「あの、真芝さん。ほんとに休憩なさってください、代わりますから。お昼も摂《と》ってないでしょう」

もう少しは我慢するかと思っていれば、タイミングを見計らったように声をかけてきたのは茉莉だった。正直助かって、ほっと息をついた真芝は軽く笑いながら小柄な彼女を見下ろす。

「じゃあ、ちょっとだけいいですか？」

「どうぞ。あ、喫煙スペースはあちらですから」

客が切れた合間に唇を触っていたことで、気づかれていたらしい。悪戯《いたずら》っぽく笑った彼女は案外聡《さと》いらしいと意外にも感心しつつ、一礼して真芝はやっとバーベキューの匂いから解放された。

教えられた喫煙スペースは運動場そばの植え込みの片隅で、水を張った一斗缶が赤く塗られている。隣に、真芝にはひどく懐かしい、運動用遊具のカラフルなタイヤが埋めこまれている。その上に腰を下ろせば思うより疲れていたらしく、どっと脚に重みを感じた。

「さすがに立ち仕事は久々だからな」

デスクワークの多い自分の足腰にやや情けないものを感じながら、深く煙草を吸いつけた真芝が目をやると、食事用の簡易テーブルが設置されたベンチに、秦野と子どもたちの姿がある。

そこには、普段の真芝には縁遠い、ほのぼのとした光景が広がっていた。

「ほら、ちゃんと座って食べる……こらっ！　たあくん手で摑まない！　あっくんはお口拭《ふ》いて！」

だめでしょう、と窘《たしな》める秦野は纏《まと》っていたエプロンの裾で、肉汁に汚れた小さな手を拭いている。見ていてわかったが、彼らは皆秦野にかまわれたくてやんちゃをするようで、気持ちがわからないでもない自分は情けないと真芝はこっそり苦笑した。

しかし、かわいらしいアップリケのついたエプロン姿の秦野には参ったと思う。

生成のデニム地に、ひよこともひまわりともつかない、よくいえばキッチュな模様がついている。

——これ、子どもたちが作ってくれたやつ。かわいいだろ？

お世辞にもセンスがいいとは言えないそれに目を丸くした真芝へ、まるで自慢するように告げた笑みには衒《てら》いがなく、その笑顔に惚《ほ》れなおすような気分になったからだ。

じっと顔を見ながらかわいいですねと頷いた。しかし真芝の言葉の意図したところを敏感に察した秦野には、ひとにわからないようにこっそりとすねを蹴られてしまった。

「まいちゃん、野菜ちょっとでいいから食べよう？　お肉もほら」

「うー……いや、きらい……にがい」

「ね。先生も食べるよ。ほら、いっしょ」

どうやらまいはかなりの偏食らしい。野菜だけがだめかと思えば肉もほとんど手をつけず、ジュースばかり飲んでいる。かわいらしい顔立ちをしてはいるが、よく見るとほかの子どもに比べて手足が異様に細かった。幼児の体型というのは一様にふっくらとしているものだと思いこんでいたが、そうでもないらしいと真芝は思う。

（しかしそれにしてもあれは、痩《や》せすぎじゃないのか……？）

根拠のない勘でそう感じとったが、まいがどうにか肉と野菜を飲み下した時、ほっとしたような秦野の顔にも、なにかわけありの子どもではないかと察せられた。

「うん、できた！　よし、えらかったね！　ね？　みんなえらいよね？」

ひいきをしそうにない秦野が、彼女だけは必ず自分の隣に置いて、手ずから食べさせている。ほかの子どもたちも、それに対して不平を口にせず、じっとまいの口元を眺めているのだ。

「まいちゃんえらーい」

「えらーい、えらーい」

秦野と一緒になって手を叩《たた》くふたりは、小さくても男なのだろう。折れそうな首をした少女に励ましを、そして心を傷つけないための情を贈ることを惜しまず、守ろうとしている。たあくんもあっくんも、あれほど小さくても誰かを思いやさしくすることができる。比べて我が身の情けないことだと、真芝はいっそ心地よい敗北感さえ感じた。

「……かっこいいじゃん？」

なぜだか笑えて、呟きながら紫煙を吐き出す喉の奥が、このところにないほど軽く感じる。子どもをあやす秦野の姿に少しだけ胸も痛くなる。あまりにもやさしい眼差《まなざ》しで幼児を見守る目には、彼が失ったものの代わりに傾ける、純度の高い愛情が見つけられたからだ。

けれどそれはきっと、代償行為などではない。まいを見つめる目もやさしさも、本物なのだ。

（そういうひとだ）

すとんと、なにかが胸に落ちた。ひどく気の急いていた自分を改めて知って、真芝は笑う。彼の愛情は分け隔てなく、ただ注ぐことにためらいのない深く広いもので、恩恵に預かっている自分が情けないなどと、思うことこそ申し訳ないだろう。

「あ、真芝？　休憩？」

「ええ……一服」

じっと見つめていると、ようやく気づいた彼が嬉しそうに笑う。その眼差しは彼の大事な教え子たちに向けるものとも、親しい同僚に対するそれとも違う。

ほんの少し見つめられていたことをはにかんで、けれどほのかな熱を浮かべて。

（もう、知ってただろう……俺は）

なにに焦っていたのかと、いつもと変わらない視線を受け止めて真芝は自分に苦笑した。いままで自分がしてきたことは、テリトリーの中に入れてもらってなお足りずに、その地面を掘り返すような無粋《ぶすい》な真似であったのだろう。

（それを全部寄こさなくても……忘れなくてもいいって、ちゃんと言ってあげられてなかった）

あのマンションへと自分が入りこんでしまうのは、秦野が捨てたつもりで、結局は大事にしたままの、妻や子どもの面影を消してしまうことになるのだろうかと、おぼろげに真芝は悟る。

亡くなってなお、秦野の胸を占めたままの彼らに、嫉妬もむろん覚えなくはなかった。だが、だからこそ急ぐことはないだろうと思ったのはその時でもある。

結生子の部屋は、きっと秦野には聖域で、まだ癒《い》えない傷があそこに隠れているかもしれない。だがそれを見せろと強引に暴けば、かさぶたを剝《は》ぐようにして傷つけてしまうのだろう。

気をつけているつもりでいつのまにか、許されることに傲慢《ごうまん》になっていた。おのれを恥じながら、しかし完全に壊してしまう前に気づいただけでもよしとしようと、真芝は内心深く頷く。

「腹、減らない？　少し食べないか？　おまえが焼いたのだけど。あ、あと焼きそばも」

「いただこうかな」

長い脚で歩み寄れば、まいは慌てたように秦野の膝《ひざ》に乗ってしまった。大柄な真芝に怖がっているのかと、やはり子どもの扱いがわからないで戸惑った真芝に、からかうように秦野は笑う。

「まいちゃん、お兄ちゃんきたよ。かっこいいって言ってただろ」

「は？」

秦野の隣に腰掛けた真芝が意外なそれに目を瞠れば、にやにやとした少年ふたりが言う。

「まいちゃん、ばーべきゅーのおにいちゃんすきーってゆったー」

「すきすきーって」

「ちが、ちがーも、ゆってないも！　まい、ゆってないも！」

真っ赤になって叫んだまいは秦野にぎゅうっとしがみつき、それでも一瞬真芝に、泣きそうな目を向けて来る。

「ありがとね。まいちゃんもかわいいね」

思わず笑みこぼれ、小さな頭をそっと撫《な》でたのは、なにを思ってのことでもなかった。子どもの体温はこんなところでもあたたかく、なめらかでやわらかい髪の毛からは甘い匂いがする。

その大きな手を一瞬、秦野は泣きそうな、それでいてやさしい目で見たあとに、揶揄《やゆ》を口にしてはしゃぐ子どもを逆にからかった。

「たあくんもあっくんも妬かない。このお兄さんすっごいかっこいいから、まいちゃん取られるぞ」

「ちっ、ちがーよっ、やいてないよっ！　……お肉っ！」

ませた子どもは口を尖らして、にやにやと笑った秦野の皿にちょっかいをかけた。行動に一貫性がないけれど、照れているのはすぐわかる。

（……しかしなあ）

子どもに言ったこととはわかりつつ、自分をかっこいいなどと言ってのけた秦野に、真芝こそ照れてしまいそうだ。しかも「すっごい」がつくときた。

「――ねえ、秦野さん」

「こーらーっ、あっくんは椅子《いす》に立たない！　……あ、ごめん、なに？」

恥ずかしさと悔しさで、ふと悪戯な気分が起きる。少しはこっちも意趣返しをしてもいいだろうと、ぎゃあぎゃあとわめきだした子どもを捕まえる秦野の耳に、真芝はこそりと耳打ちをする。

「そういうの、ベッドで言ってくれませんか。たまにでいいんだけど」

怒るかと思ったが、一瞬で薄い耳朶《みみたぶ》を赤くした秦野は、うるさいよ、と俯《うつむ》くだけだ。

「まいちゃんが言ったんだ。俺じゃない」

ぷいと顔を背けられ、しかし照れを感じて真芝はにやにやと笑ってみせる。

端《はた》から見ればまったくばかばかしいようなやりとりも、このやさしく平和な光景の中にあって、気がゆるんだからこそだろうか。

「まあそれじゃせいぜい、維持に努めます。この先は長いし、はげても困るし」

「俺じゃないっ！　……ていうか無駄に毛根多いくせに、なに言ってんだ」

喉奥で笑って告げたそれを秦野は揶揄と取っただろうが、この上ない本気だと教えなくても、いまはかまわない。

たぶん秦野を手に入れるためには、もっと長い時間が必要になる。

少なくとも真芝は丈夫さは取り柄であるし、この先何年も——何十年も秦野の傍《そば》にいるだけのしつこさも、褒められたものではないかもしれないが、確かにある。

彼がそうして、自然に自分を信じて受け入れてくれた時、生活をともにする話は告げるべきだろう。

いままでのように、自分に言い聞かせるためだけでなく静かに悟った真芝は、ひたすら照れた秦野に机の下で蹴られつつ、なにか久しぶりの爽快感《そうかいかん》と安堵《あんど》を感じていた。

＊　＊　＊

結局バザーの撤収までを真芝に手伝わせてマンションに戻れば、既に夜の八時を回っていた。

「疲れてるだろ？　うちで寝てけば少しはゆっくりできるんじゃないか」

翌日も会社だから帰ると告げた真芝に、むしろ泊まっていけとすすめたのは秦野の方だ。

一日働かせて、そのまま小一時間もかかる距離を戻らせたくはなかったのだが、しかし朝の通勤を考えれば、戻った方が楽な部分もなくはないのだ。

本音を言えば、ひどく穏やかに笑う真芝にもう少し、傍にいてほしかっただけだ。それだけに強くは言いきれなかったが、真芝は少し考えたあとにお言葉に甘えますと笑った。

「じゃあ、汗もかいたし……風呂、いいですか？」

「あ、うん。いいから、入っちゃって」

だから了承を告げられてほっとしていた秦野は、洗濯機もついでに貸してくれと言った真芝がダンガリーシャツを脱ぐさまに息を呑《の》んだ。

「なんだか焼き肉臭くなった気がして……匂い取れるかな、これ」

「あの、俺洗うから……風呂、いれてくる」

広い背中を向け、中に着こんだTシャツの内側でうねった肩胛骨《けんこうこつ》に気づくと、くらくらした。シャツを受け取って逃げるように背中を向け、浮ついた気分になっている自分を秦野は自覚する。

（うわ、どうしよう）

なんだか真芝を真っ直ぐに見られなかった。もういい加減見慣れたはずのささやかな動きに、なんでこんなにと思うほどときめいている。なんだか足下がふわふわと頼りなく、俯いていたくせにろくに前を見ていなかったせいか、段差で転びかけてしまった。

「……っと、うわ！」

「ああ、気をつけて」

転ぶ直前でうしろから支えられ、真芝の大きな手のひらが摑んだ形に皮膚が熱くなるのを知る。

「今日、やっぱり疲れたんでしょう。昨日も寝てないし、先に入る？」

「あ、あ、……うん。や、いい、だいじょぶ」

心配そうに見られて、心臓が痛くなった。いまさらなんでこんなにと思うほどうろたえた自分が滑稽《こっけい》で、今度こそ逃げるように秦野は浴室に飛びこんだ。

「うあ、もう、なに俺」

カランを捻《ひね》って湯温を確かめながら、真芝の視線がない空間でようやくひとり、赤くなる。ばしばしと顔を叩いて、恥ずかしい自分をいましめた。

――そういうの、ベッドで言ってくれませんか。

それでも、昼間囁《ささや》かれた言葉が脳内をがんがんとこだまして、小さく呻《うめ》いた秦野はその場にしゃがみこんでしまう。あの時、まいの言葉に便乗してうっかり言ってしまったそれが本音なだけに、たまらなく恥ずかしかった。

園長が倒れ、どうしようとうろたえるばかりで、右往左往する職員たちを宥めつつ、本当は途方に暮れていた。それでもかつての秦野であれば、ひとりでどうにかしようと思ったはずだ。

しかし設営半ばの朝、真っ先に電話に飛びついて真芝を呼び出してしまったのは、もうなにを考えてのことでもなかった。おまけにいやな顔ひとつしないまま、大丈夫だからと言いきって、本当になんとかされてしまって。

「か……かっこよかった」

年齢差もあり秦野は精神的には真芝よりもずっと、大人でいるつもりだった。甘えてくれればいいと、鷹揚《おうよう》なふりで許容していたのは、きりきりとした彼の顔しか見たことがなかったせいだろう。

けれども外に一歩出た真芝は、どこまでも大人の、それもかなりできる男だった。人当たりよく如才《じょさい》なく笑えることも、手先の器用さも判断力も、秦野がはじめて見るものばかりで。だから、いままでで一番、真芝を頼もしくまた眩《まぶ》しく思ってしまっているのも仕方ないだろうと、誰にともつかず、言い訳めいたことを思ってしまう。

「なんであいつ、あんななんだよ」

ごく小さな感極まった声を、湯の満ちていく音に誤魔化しながら秦野は吐き出す。呟かなければ胸が破れそうな気がして苦しくて、何度もやるせないため息がこぼれた。

どきどきとしたまま治まらないそれを深呼吸して宥め、ともかくもと洗面所で顔に冷水を叩きつける。少しは顔色が落ち着いただろうかと思いつつ真芝を呼びにリビングへ赴けば、朝方散らかしたままだったそこはきれいに片づいていた。

「もしかして、朝、掃除してくれたのか？」

「寝そびれたんで、気にしないでください」

慌てながら、冷蔵庫を開いて帰りしな買いこんできたビールをしまう真芝に告げると、けろりとそう笑うだけだ。ふとその瞬間、いつもとなにか違う彼に気づかされ、秦野は口をつぐむ。

「そろそろ風呂いいかな？　先にもらいますね。あ、風呂あがり用に冷凍庫に何本か入れたから、忘れないで」

「あ、う、うん……？」

ふとした違和感の所以《ゆえん》に気づいたのは、ごく自然に真芝がその場を離れてからだ。

（あいつ、今日……全然、言わない）

普段なら真芝はこの手の会話のあと同居を匂わすように、冗談めかして「俺がいると便利じゃない？」などと訊いてくる。しかし、バザーを終えてからこっち真芝は、あの件をほのめかしさえもしない。さらりと躱《かわ》しただけで終わった彼にほっとすると同時に、理由のない寒気が肌を震わせた。

「もう、諦めたのかな」

呟いて、それがひどく苦しかった。真芝を好ましく思えば思うほどに、このどうしようもない不安は襲ってくる。

いまでも秦野は、容姿にも能力にも秀でた彼に求められることが、不思議で仕方ない時がある。

強引にされて許すのも、結局は求められたいからだった。まだこの身体だけでも価値があるのかと、そんな風に思えて安堵する自分は、卑怯《ひきょう》なのだろうか。

「いっつも、だめだって言うの、俺じゃないか」

そのくせ、実は待っているのだろうか。彼がいつまで諦めずにいてくれるのかと試しているのか。そんな自分こそ見苦しいと思い、秦野は胸のあたりをきつく摑む。

結局頷くこともできないくせに、なにを身勝手なと思う。しかし、先ほどまでただ純情なまでのときめきに高鳴っていた胸は、違う痛みを訴えて秦野を苛《さいな》んだ。


秦野の戸惑いと不安をよそに、風呂をあがってからも真芝はひどく穏やかに落ち着いていた。入れ替わるようにしてシャワーを浴び、疲労感が強い身体を引きずってリビングに戻ると、冷えたビールが差し出される。

「お疲れさまでした」

「あ、ありがと」

つまみは、バザー会場での残り物だ。職員で適当に分配されたバーベキューやたこ焼きをあたためなおし、ちびちびとビールを飲んでいた秦野は、真芝が先ほどからなにごとか考えるようなそぶりを見せたことに気づいていた。

煙草を挟んだままの唇は厚く意志的な印象があり、引き締まった口角もひどく男らしい。ゆるく開いたそこから静かに煙が吐き出され、そのたび真芝は目を眇める。

「どうか、したか？」

「んー……」

どうということのない寝間着のスウェットを纏っていてさえ、ひどく絵になる男はそういない。秦野は整った横顔をぼんやり眺めつつも、その苦い表情が気になって問いかけた。

「ちょっと、訊きたいんですけど、いいですか」

ためらうようなそれに、例の件かと身構えた秦野に対して、まだなにか考えこむような表情の真芝は目を合わせないまま呟くように言った。

「あの、まいちゃん、って……もしかしてなにか、病気でも？」

「え……？　どうして」

意外なそれに驚いた秦野が目を瞠ると、もしもまずい質問だったらすまないと真芝は眉をよせる。

「ちょっと痩せすぎてる気がして……あと、秦野さんもすごく気をつけているようだったから」

続いた言葉の観察の細かさに感心した。まいは確かに痩せていて、それはある複雑な理由からではあったが、ぱっと見てわかるほどに病的な印象はないはずだ。

一年かけて秦野がどうにかなつかせた彼女について、打ち明けていいものかと迷ったのは一瞬。

「だいぶ、戻ったんだけど……いわゆる、拒食症気味だったんだよ」

やはり、という顔をしてその先を促すように、真摯《しんし》な眼差しをした真芝は目を合わせてくる。

「あそこのうち、上のお兄ちゃんがいるんだけど……そっちが実は、まいちゃんが生まれて少ししてからすぐ、難しい病気になって」

年若い両親はその兄につきっきりとなり、まいはおのずとひとりになった。ジュースや菓子パンしか食べられないのも、日がな保育園へ預けられっぱなしで、自宅でもほとんどかまってくれるひとがいないせいであるらしい。

「だからちょっと今日は意外だったかなあ。真芝見て、照れはしたけど怯《おび》えてなかったし」

父親は特に接触が少ないせいで、あまり背が高かったり男らしいタイプの大人には怯えてしまうまいが、あんな風に少女らしいさまを見せたのははじめてだった。秦野は少しだけ微笑んで、目の前の男を見つめる。

たぶん、芯《しん》の部分は気遣いの細やかな真芝を、敏感な少女は感じ取ったのだろう。そう思っての笑みであったのに、秦野のまだ湿った髪をそっと梳いた真芝はぽつりと言う。

「秦野さんが、やさしくしていたからでしょう。あなたの友達なら、安心したんじゃないですか」

「そう、かな」

真っ直ぐな言葉に目を伏せてしまったのは、その視線があまりにも甘いものであったからだ。照れ隠しのように、アルコールにも少し気のゆるんだ秦野は話を続ける。

「でもまあ、まいちゃんはそんなに心配いらないんだ、本当に。むしろ……あっくんの方が」

「え？　あのなんか、やんちゃそうな？」

「……あの子、ＡＤＨＤなんだ」

多動性障害。身体、学習能力には問題がないのにどうしても集団行動や、学業に支障の出てしまう子どものそれを知っているかと問えば、知識だけはと真芝が頷く。

「本当の原因はまだ解明されてない。まあ、軽い方なんだけど……ああしてると普通だろう？　でも、なかなかみんなにあわせられないんだ。本人もすごく、つらそうで」

別段彼に、なんの問題があるわけではない。落ち着きなく活動的なのは幼児本来の姿とも言えなくはないし、それを無理矢理枠にはめなければいけない、現代のノルマ性の教育システムにも問題があると、一部では言われているのも厳然たる事実で、秦野もその矛盾は感じている。

「うちは保育園だから、まだそう厳しくはないところもあるけど……受験のある幼稚園とか、もちろん小学生になればどんどんその辺の集団行動の規制が厳しくなる。年間単位でこなさなきゃいけないカリキュラムっていうのがどうしてもあるから、ひとりにあわせるわけにはいかないんだ」

一度話し始めてしまえば、愚痴ともつかないそれは溢《あふ》れていってしまう。真芝は黙って頷きながら、促すようにじっと秦野の顔を見つめていた。

「まあ、根気よく言い聞かせれば直っていく子がほとんどなんだけど。それより少子化と核家族化で、親がそもそも子育ての現場を知らないから、単に躾《しつけ》ができてないこともあるんだ。かわいいかわいいで甘やかすとか、着飾らせることには夢中だけど……ほかの部分が、どうも」

極端なものでは赤ん坊のおしめさえ、汚がって替えようとしない母親までいる。そのくせなにかあれば責任を負うのはそちらとばかり、押し寄せてくる手合いもいるのだ。窘めれば、あんたの子どもでもないのにえらそうに言わないでと、噛みつかれることもある。

疲れたため息をついて言葉を切った秦野は、つい愚痴をこぼしていた自分にはっとなる。

「ご、ごめん、こんな話、して」

「いや、それはそれで興味深いと思うんですけど。……なるほど、そうか」

ふうん、と新しい煙草に火をつけた真芝は一瞬天井を見上げ、そのあと秦野が思ってもいないことを口にした。

「なるほどって？」

「いや最近かなり、ブランドの幼児服や小児服展開が増えてるから。バブル世代が親ですからね。自分の買い物は金がかかるけど、安価な子ども服ならいけるって考えるのも多い」

まあそこに乗っかってるのが俺たちですがと、真芝がややひとの悪い笑みを浮かべてみせたのは、重くなった話題を切り替えるためだったろうか。

「ああ。多いんだ確かに。この服汚さないでくれって、保育園にブランドもの着せてくる親は」

「今度、どの辺が人気か教えてくれます？」

しかし、身を乗り出してくるあたりは本気でなにか考えるところがあるのだろう。仕事の顔を見せた真芝に苦笑しつつもどきりとして、わかったと秦野は頷いた。

（なんか、俺がこういう話したのもはじめてかなあ）

互いの仕事や考え方について、案外に知らないまま来た。むろんはじまりは身体だけの関係であったせいもあり、どこから知っていけばいいのかとためらった部分も否めない。それを埋めようとするのか、真芝は自分の話をよくしてくれたが、秦野はなんとなく聞き役に回ることが多かった。

もうひとつには、真芝に自身の環境を話しても、理解してもらえない気がしていたのだ。秦野がかつて在籍したS商事は、当時からバリバリのエリート意識が強いものが多く、自分の住む世界以外のすべてを見下すような人種も多かった。

出会ったばかりの頃の真芝からも、そういう部分は感じられた。秦野は現在の自分の職種に誇りさえ抱いてはいるが、いまだ閉鎖的な部分の残る社会では『保父さん』が理解されるに難しい存在であることは、日々現場でも痛感している。

「もうちょっと、マスコミのそればっかりじゃなくて生《なま》の情報も知らないとまずいな」

しかし、このところ企画に回されたせいか真芝の考え方はひどく柔軟だ。貪欲《どんよく》に吸収して、なんでも仕事に結びつけてしまうのも、悪くないことだと思う。今度もう少し詳しくお願いしますと言われ、こそばゆくなりながら秦野は了承した。

(……こういうとこ、好きだ)

関係ないような情報でも、回転の速い頭で解析すればすべてに繋がっていく。リベラルに物事を受け止め、必要なこととそうでないことを振り分けつつ目の前の仕事に生かすことのできる真芝は、たぶんこれからもっと伸びていくのだろう。

「真芝、あの」

少しの悔しさと、それ以上に頼もしさをも感じて秦野はそっと手を伸ばした。このまま抱きしめてくれはしないかと強く感じて、だがそれより先に時計を見た真芝の声にその指は引っこめられてしまう。

「ああ。こんな時間だ……秦野さん、もう寝た方がいい」

「あ、あの俺、別に平気だし、まだ十一時だろ？」

「平気じゃないですよ。昼間まり先生に聞いたけど、二日くらい寝ないであの作業やってたって？」

早く呼べば手伝ったのにと嘆息され、促す手のひらを背中にあてがわれてしまえば仕方ない。

（しない……のかな）

毎回それというわけでもなくなっていたが、間の空いたあとには大抵、真芝はこの身体を求めてくるのが常だった。それによって、まだ大丈夫だと思っている自分がいたことにいまさら気づき、秦野は胸が苦しくなる。

「布団、借りていいですか？」

「一緒に寝ればいいだろ」

客用のそれを引っ張り出そうとする真芝に、秦野が言えたのはそれが精一杯だ。狭くないのかと他意なく訊いてくる真芝に、いっそ恨みがましいようなものを覚えつつも、難しいなと思う。

（誘ってるの気づかれないのって、……結構、きついんだ）

ふと思い返せば、自分から抱いてくれと言ったことが一度もなかったことにも愕然《がくぜん》となった。

伸ばした手を拒まれたらどうしよう。そう思って怯えながら相手の様子を窺っている時間というのは苦しくて、もしかしたら真芝にはいつも、こんな思いをさせていただろうかと秦野は考える。

「寒くないですか？」

「うん……あ？」

それでも結局、疲れているだろうから早く寝ろとせっつかれれば頷くほかにない。おとなしく長い腕に抱かれ、少し拗《す》ねた気分になりながら秦野がその顔を広い胸に埋《うず》めた時だ。

「ま、真芝……？」

「ああ、気にしなくていいんで」

一瞬で頬が熱くなったのは、長い脚の間に兆したものに気づいたからだ。秦野の腿《もも》のあたりに確かに当たっているそれに、真芝は困ったように笑う。

「あの、し、……しないのか？」

「気にしないでって言ったでしょう……いいから、寝てください」

「でも、だ、だってこれ」

これをどうやって気にするなというのかと、秦野はただうろたえる。それ以上に、だったら抱いてくれてもいいと口にしようとして、しかしできなかった。

（俺じゃ……いやなのかな。してほしいって言うと、引かれるかな）

求めることは、それを素直に訴えるのはなんて恐ろしいのだろう。行為に熱が入れば大胆にもなれるけれど、それはいつでも真芝の腕に抱きこまれて、ぐずぐずになってからだ。

欲しがられているのだから、喜ばせたくて淫《みだ》らな真似をするのなら平気だった。しかし、そのきっかけは真芝に作られてばかりだった秦野には、この穏やかな時間からどうやって、相手をその気にさせればいいのかまるでわからない。

「し、……したくない……のか？」

その気にはならないのかと、さらに不安も覚える秦野がおずおずと問えば、それを杞憂《きゆう》と知らされるほどに甘い口づけで臆病《おくびょう》な声を吸い取られた。

「ん……っ」

「わかるでしょう、そんなの。したいですよ」

やさしく唇を離したあと、まるで熱量の変わらない顔で笑いながら真芝は言う。だったらいいのにと秦野が上目《うわめ》に見つめれば、その眼差しを隠すように大きな手のひらで塞《ふさ》がれた。

「あのねえ秦野さん。あなた本当はそんなに、気分じゃないでしょう」

「いや、でも、真芝がしたいなら」

「俺ばっかじゃしょうがないじゃない、こういうの」

笑う真芝は、やはり一切手を出そうとはせず、そういうことではないのだと笑うばかりだ。

「それに、たぶん秦野さん、自覚してるより疲れてると思うよ。寝てないし」

指摘通り寝不足で一日中駆け回っていた身体は確かに疲労していたし、言い当てられれば口ごもるしかない。真芝の熱を感じても、秦野自身の身体はそういう意味では反応はしなかったのだ。

「いいから、ゆっくり眠って」

あやすように抱きしめられ、口づけた真芝に、ただ一緒に眠ろうと告げられる。こうしているだけでいいのだと言われれば、なぜか泣きそうなほどに嬉しいとも秦野は感じた。

(……こんななのに)

硬く強ばった男のそれは、場合によっては痛みさえ覚えることもある。真芝のように若く欲求の強いタイプはことにつらいはずで、それは同性だけに秦野にはよくわかる。

気遣われるのも大事に想われているのも、胸が痛いくらいに嬉しくて――しかし、それ以上に、真芝に我慢をさせるのはいやだと秦野は思った。

とんでもなく恥知らずな真似を、してしまってもかまわない。あとでいやらしいやつだと罵られてもいいと、秦野はごくりと息を呑み、覚悟を決めた。

「……ん? え、ちょ、……ちょっと、なにして……秦野さん!?」

「うん、あの……じっと、しててな」

もぞもぞと上掛けの中に潜りこんだ秦野に、真芝ははじめ訝《いぶか》り、ついで上擦《うわず》った声を出した。突然、その部分を握りしめた秦野が下着ごとスウェットズボンを引っ張り下ろしたからだ。

「そ、そんなことしなくても」

「いいから。……あの、俺、勃《た》たないんだけどさ、やっぱ」

自分からする愛撫《あいぶ》もはじめてではないが、この夜はなぜかおそろしく恥ずかしいと思った。大慌てで上掛けをはぐった真芝に、顔を見ないでくれと真っ赤になりながら目を伏せ、手の中で脈打っているものをそろそろと撫でる。

「でも、我慢させせんのもやなんだ」

「秦野さ……、う、うわ」

せめて感じてくれと願いつつ、先端に唇を押しつける。真芝と口づけを交わす時のように、はじめは幾度か啄《ついば》み、そのあとゆるやかに唇を開いて逞《たくま》しいものを含んだ。

「ん……んむ、ふ、……ふ、く」

口腔《こうこう》の中で伸びやかに育っていくそれを、精一杯奥まで飲みこんだ秦野は息苦しさに涙目になる。強引にこんなことをした自分を、真芝は呆れていないかと思えば少し怯えて、それでも口淫《こういん》をやめる気にはならなかった。

「相変わらず、予想つかないことして……っ」

どこか悔しそうに呟いた真芝は、きつい口調と裏腹の手つきで秦野の髪を撫でてくる。無理に銜えなくていいと言われ、ふるふるとかぶりを振って秦野は頭を上下させた。

「んー……っ、ん、……はふ」

もぐもぐと咀嚼《そしゃく》するように唇を動かし、歯を当てないようにして先端だけを何度も啜って、ちゅぷりという音を立てながら粘膜で扱《しご》く。そうしながら根本の膨らみや下生えをくすぐるようにする手つきは、普段真芝がしてくれるやり方をそのままなぞっただけのことだ。

「くち、……だして、いいから」

「あのね、そんなことできっ……あ、うわっ、そんなとこまでしなくていいって……！」

指でゆっくりと揉みしだいた付け根まで唇で撫で下ろし、左右を啄むと本気で真芝は焦った声を出している。手のひらに包むようにした先端からは既にぬるぬるとしたものが滲《にじ》み出て、それを拡げるように何度も指先を蠢《うごめ》かした。

(う……顎、疲れてきた)

荒い息をついて、時折呻く彼が感じているのは確かなようだ。しかしなかなか思うようにできていないのか、きつく強ばるばかりの真芝は終わりをみせない。

「おれ、あの……へた？　まだ、いけそうにないか？」

舌を出したまま、ちとちとと音を立て、震える先を舐めていた秦野はふと気になって目を上げる。

「あぁ？　ったくなに、言ってんだか……っ」

息を弾ませた口元を大きな手のひらで覆った真芝は呆れたように一瞬だけ秦野を見た。そしてぶっきらぼうに、しかし欲情にかすれた声で続いた言葉に、秦野は眩暈《めまい》を覚える。

「よすぎ、やばいって……ああ、くそっ……出したいけどもったいない」

ふっと短く息をつき、口早に言ったのは照れているからだとわかった。秦野もその言葉に頰が熱くなり、慌てて目を伏せながらびくびくと跳ねるものを口に含む。

「ごめん、疲れるよね……早く、するから、我慢してて」

「ん、ぐ、……うん、んっ」

堪《こら》えていたらしい腰の動きが前後に速くなり、頷いた秦野は喉奥を突かれるような苦しさに耐えた。ぎゅっと握りしめた指を捕らえて、ごめんと告げた真芝の手に縋りながら、精一杯喉を開いて舌を這《は》わせる。

「あ……いい、ごめん、……いくっ！」

「う、ふあっ⁉　……けふっ」

吐精は、言葉と同時だった。覚悟をしてはいたものの、口腔に溢れたものの勢いに驚き、秦野は一瞬顔を引いてしまった。飲みこみきれなかった粘ついた熱はそのまま、開いた唇から跳ね上がり、頰の近くまで飛び散っていく。

「ま……真芝……？」

しい。
んだ秦野にうろたえたのは真芝の方だ。慌てた長い指に頬を拭われ、秦野はひたすら恥ずか
呆然となったのはお互い同じだったが、せめて前置きしてくれと涙目になりながら咳《せ》きこ
「うわ……す、すみません！」

「の、飲んだことないから俺……こぼしちゃって」

「ごめん、ほんと……ああ、顔、顔拭かないと」

「い、いいからそれは」

指では追いつかないと真芝が自分の着ていたスウェットの袖で拭おうとするから、顔を洗ってくると秦野は身を起こした。

（精液って、飲みにくい……AVみたいにいかないなあ、やっぱり）

さすがに口に出されたのははじめてで、いいとは言ったもののあんなにくどいものとは思わなかった。味は単にしょっぱい体液じみたものだが、なにしろ粘度がすごい上に、断続的に何度も来る。

申し訳ないが慣れるまでは勘弁してもらおうと、失敗を悟りつつ洗顔とうがいを済ませた秦野がベッドに戻れば、へたでごめんと言うより先に、ものすごい勢いで抱きしめられた。

「まし……？　んん、ん？」

「ごめん、本当に」

口中に残る感触を舐めとるようにして口づけられ、息苦しいと思いながら秦野はいっそおかしくなった。真芝がなんだかうなだれた犬のように、反省を顕《あら》わにして目を伏せているからだ。

「あのな。今度は、予告して」

そのくせどうしようもなく、この年下の男が嬉しがってくれているのもわかるから、まああのくらいの面倒さはクリアしてもかまわないと、気恥ずかしい気分のまま広い胸に顔を伏せる。

「……寝よ」

「はい」

ぴったりと鼓動が重なるように抱きあって、充足感が四肢に満ちるのを感じた秦野は目を閉じた。じんわりと手足の先まであたたかく、言葉もなにも交わさなくても伝わってくる安堵と慈しむ気配。

いまならば、あの願いも聞き入れてやれるだろうかと思いながら、もう瞼《まぶた》が開かない。

ほどなく重なっていく寝息を耳にしながら、真芝のぬくもりに包まれたまま、秦野は久しぶりの安息を貪《むさぼ》った。

＊　　＊　　＊

深夜の電話はなぜか、神経をささくれさせるような響きで鳴り渡る。眠りを妨げるそれにびくりと心音を跳ね上げ、秦野は焦ったように身を起こした。

「は、はい、秦野です」

『秦野か⁉　夜中にすまん、鎌田だ』

飛び起きて子機を取り上げ、意外な人物の電話に驚きながら確認した時計は深夜の三時を回っている。なにが起きたのかといやな予感に胸がざわつくと、『真芝を知らないか』と鎌田は焦った声で問いかけてきた。

『携帯も自宅も連絡がつかないんだ、おまえ、今日会ってはいないか？』

「真芝？　……あの、うちにいま、いますけど。バザー、手伝ってもらったんで、そのまま」

特に言う必要もないことまで告げるのは、少しの後ろめたさがあるせいだ。しかし、秦野の力ない声には頓着《とんちゃく》しないまま、鎌田は大げさなまでの息をついた。

『そうか！　……ああ、だったらよかった。すまんな、夜中に』

「あの、なにが……？」

いったんはほっとしたらしい鎌田の声に、切実なものを感じて不安になっていれば、実は、と苦い声で打ち明けられたそれに、秦野は仰天する。

「火事!?　真芝のマンションが!?」

『といっても小火《ぼや》程度で、全焼はしていないらしいんだが……さっき警察から電話で、血の気が引いたがあいつ摑まらなくて』

本人の自宅電話や携帯には連絡がつかないので、不動産屋から実家と勤め先の方へ確認が行き、たまたま残務処理で居残っていた鎌田がそれを受けたものらしい。

『消防士が踏みこんでも見当たらないというから、無事とは思ったが……最初はどうなったのかと』

焦って思いつく限りの連絡先をあたり、秦野はなにか知らないかと電話をした。心配していたが本当によかったと、鎌田は、深い安堵の吐息をした。

『しかし幸運だったな。そこにいるならいい、ちょっと代わってくれるか』

「あ、は、はい。真芝、ちょっと……!」

「代わります。……部長ですか、すみません。ええ、はい。え?　……あ、携帯?」

秦野が呼ぶまでもなく真芝は既に起きていて、半ば事態を察していたらしい。険しい顔をしたままの彼にちょいちょいと手で示され、頷いた秦野が真芝の携帯を持ってくれば、充電が切れていた。

「すみません、充電切れで……で、様子は、……はい、はい。わかりました。ご迷惑かけました」

ともかく行ってみますと硬い表情で真芝は告げ、電話はそのまま切られてしまう。青ざめた秦野の顔に、さすがに余裕もないまま嘆息した真芝は、起こしてすみませんと言った。

「そんなのいいけど……どうなんだ？」

「ん、まあ火事っていっても小火程度らしいんですが、どうも……放火の可能性があると」

「えっ⁉」

「詳しいことは行ってみないとわからないから、ちょっと出ます。部屋も……どうなったんだか」

さすがに焦りを隠せない顔で真芝は言うが、秦野もまたいやな動悸《どうき》が治まらない。

「俺、俺も一緒に」

「いいから、秦野さんはここにいて、待ってて」

大急ぎで着替えをした真芝は、私服を洗濯してしまったため、ここに訪れた際のスーツを身に纏っていた。タクシーを拾えるかと険しい顔で呟く彼に同行を訴えたが、窘めるような声を出されてかなわなかった。

「もう事後処理だけでしょうし、少ししたら戻るから。あなたは休んで。顔色が悪い」

一度だけきつく抱きしめられ、安心してくれというように背中を叩かれた。その胸に縋って、行かないでくれと叫びそうなくらい怯えているのに、もう声も出ないのだ。

「ちゃんと寝ていて。起きてたら怒りますよ？　俺が行ったら、ベッドに入ってること、いいね？」

叱りつけるように告げて出て行った真芝の背中を見つめ、送り出す言葉さえ紡げないまま秦野はその場に取り残された。

「ね……寝ないと」

玄関の扉が少し荒く閉まっても、呆然と立ちつくしたまましばらくは動けないでいた。平坦な声で呟きふらふらと歩き出せたのは、最後の真芝の声が命じたことを実行するためだけだ。

「あ、……財布……？」

だが、その足下になにかが当たって目を落とせば、真芝の財布が落ちている。大慌てで上着を摑んで出て行ったため、肝心のものを忘れたのだろう。

気づいて取りに帰ってくるだろうか。それとも向こうで誰かに借りられるかと、その黒革を拾いあげると、そこは結生子の部屋の前だった。

「ゆ……結生子さん、……結生子さん」

心許《こころもと》ないまま、姉のようにやさしかった彼女へ呼びかけ、縋るように扉に爪《つめ》を立てた。

ぼんやりとしていた恐怖が、実感を伴って背筋を這い上っていく。突然の別離が本当に前ぶれなく訪れることを、誰よりも秦野は知っていた。

「どうしよう、結生子さん」

鎌田の話によれば、火が出たのは九時か十時くらいの時刻であったらしい。帰ると言った彼をそのまま送り出してしまったら、おそらくは巻きこまれていたはずだ。その事実に気づけばぞっとして、真芝の財布を胸に抱き、震えの止まらない腕を秦野は自分の指で握りしめる。

このままもし別れていて、真芝が二度とこの部屋に帰ってこなかったらと思うと、心臓が潰《つぶ》れそうに苦しい。また失ってしまえば今度こそ、秦野は立ち直れはしない。

いつまでも、たったひとつ譲れないままでいた事柄を悔やみながら、死ぬまでその後悔を噛みしめ続けただろう。

「怖かった、でも……でも、よかった」

引き留めて、本当によかった。身勝手でも甘えでも、この場所にいて抱きしめていてと、告げられていてよかった。膝が震えるほどの安堵が襲って、その扉の前に秦野はへたりこむ。

――ゆきさんは、もうちょっとわがままでいいのよ?

ひとのよすぎる年下の夫に、時折やさしく窘めた彼女の声がふいにこだまして、いいのかな、と秦野は涙ぐんだ。

「俺、……あいつのこと好きでいい？　この部屋……あいつにあげてもいいかな……？」

答えるはずのない結生子が、ばかねと笑った気がした。とっくにそのつもりであったくせにと、呆れたように、許すように。

「愛してるんだ……いなかったら、死んじゃうくらい」

消えてしまわれるくらいなら、どんな見苦しい自分をさらしてもいい。強くそう思って、真芝が帰ってきたら真っ先にそのことを話そうと、鼻を啜りながら秦野が決意した、その時だ。

「か……帰ってきた？」

玄関でチャイムが鳴った。手にしたそれに気づいた彼が帰宅したのかと、慌てて秦野は立ち上がる。少し足下がふらついていて、それでも小走りになるのは胸が苦しいせいだった。

「真芝、あのこれ――」

確認もしないまま扉を開ける。濡《ぬ》れた目に喜色を浮かべていた秦野は、しかしそこに立っている思ってもみなかった男の荒んだ気配と、突然の来訪に息を呑んだ。

「こんばんは。深夜にすみません」

「い……井川……さん？」

声を聞くまでは、一瞬誰だかわからなかった。うっそりと笑んだ井川は、あの美貌《びぼう》をすっかりと翳《かげ》らせていて、まるで印象が違っている。

（こんな顔だったか……？）

かつて見た折りにはセンスのいいモデルめいた容貌だった男は憔悴《しょうすい》を顕わにしたまま、なぜかすすけた衣服を纏っている。この寒空の下、コートも着ていないのも明らかにおかしかった。

「な、なんでここ……？　っていうか、なんの用だ？」

「ちょっとどうしても話したいことがあって。悪いと思ったんですけど、過去の社員住所録で」

ふふ、と笑わせた口元が奇妙な痙攣《けいれん》をみせて、調べられたことも不気味に思いつつ秦野が不愉快を顔に出せば、井川はその肩を竦《すく》めてみせる。

「どうしても、貴朗《たかあき》のことで、話があって」

「貴朗……って」

真芝の名を呼ぶ井川の声には、粘着質なまでの執着が滲んでいた。ますます嫌悪を感じるものの、どこか悄然《しょうぜん》とした様子の男に、無下にもできないかと思う。それ以上に、なにかひどく張りつめたものを感じさせた井川に、抗《あらが》うことは得策ではないという予感がした。

「とにかく……夜中だし、声も響くから、あがって」

秦野の促しに、こくりと井川は頷いた。その異様に幼い首の振られ方にも尋常ではないものを覚え、背筋にいやに粘った冷や汗が流れる。

別に茶を出してやるような客人でもないとは思ったが、小刻みに震えている井川を無視するのもおとなげないかと、秦野はインスタントのコーヒーを勧めた。

「貴朗はいないの？」

「いや……それより、話ってなんですか」

それを遠慮もせずに啜りながら、きょろきょろと値踏みするように見回す井川はひどく不躾だとも感じるが、挙動がおかしいような気もした。

「わかってんでしょ。別れてよ」

夜中にいきなり押しかけて、結局はそれかと思えば反射的にむっとなる。しおらしく見せても本性はそれかと、下卑た嗤《わら》いを浮かべながら平然と言う井川に呆れた気分になった。

「それで俺が、はいそうですかと言うとでも思うのか？」

「なんだよ。どうせ俺の代わりなんだろ？　いいじゃんか。返せよ貴朗」

話にもならない。当然の権利を振りかざすような態度を取る井川には、不愉快さ以上に嫌悪感がひどい。

「いまごろ返せって、なんなんだよ。もう終わったんじゃないのか。あんたがふったんだろう」

「そりゃ、結婚するの言わなかったのは悪かったけど、だからって当てつけにこんなことしなくてもいいと思わない？」

「当てつけって」

「拗ねてるだけなんだ……かわいいやつだと思わない？」

誰に向かっての言葉なのか、まるでわかっていないような井川の口ぶりにふつふつと胃の奥が熱くなってくる。いい加減にしろと怒鳴りそうになった秦野の先を制するように、だらしない笑みを浮かべた井川は、どこか挑むような声を発した。

「そうじゃなきゃ、なんであんたなんか選ぶんだよ。全然貴朗の好みでもないくせに」

「そ……」

「年上なんだってな。名簿見るまで知らなかった……あいつ年上嫌いなんだよ。おっさんになっちゃうじゃん、すぐ。面食いだし、ほんとは背が高い方が好きなんだ」

痛いところを突かれ、一瞬押し黙った秦野に畳みかけるように、くすくすと井川は嗤った。

「だいたいさあ、秦野さん、奥さんいたんでしょ。俺と一緒じゃん？　それでなんでそう、えらそうなわけ？」

「あのな、俺は」

「もともとコッチじゃないんじゃん。ケツ掘られるのそんなによくなっちゃったんだ？　あ、それともなに？　誤魔化してたけど実はホモ？　ひょっとして奥さん死んでから欲求不満だったとか」

「いい加減にしろよてめえ!!」

おかしい。詳しすぎる。反射的に怒鳴ったのはその侮辱《ぶべつ》じみた言葉のせいばかりでなく、秦野の事情までも知り抜いているような井川にぞっとしたせいだ。これは名簿で住所を知ったというのも嘘かもしれない。興信所かなにかを使っている可能性もあった。

「ひとのことなにこそこそ調べあげてんだよ！　どういうつもりだ⁉」

「なんだよ。怒鳴るなんて、なんか後ろ暗いことでもあんの？」

秦野の鋭い怒声に一瞬びくりと肩を震わせ、拗ねたように唇を尖らせてみせた井川は、忙しなく前髪をかきあげる。少しの乱れも許せないようなその手つきに、秦野の怒りはゲージを振りきった。

「それはこっちの言うことだろう……あんた、真芝に自分がなにしたかわかってんのか」

「だからあ、貴朗は拗ねてるんだってば」

強気で、そのくせ繊細で、甘やかすのが好きなあの男が、驕慢《きょうまん》な井川を相手にどんな風に接していたのかもおぼろげに想像がついた。きっと大事に、なにもかもを許して、それがこの男をこうまでつけあがらせたのだろうとも思う。

「拗ねてるどころじゃないだろ……突然捨てられて、謝りもされないで納得するわけねえだろ！」

しかし、だからといって真摯な情を踏みにじっていいということには、なるはずがない。

「あいつがどんだけ傷ついていてつらかったのか、そういうの一回でも考えてやったことあるのか⁉」

（あのばか）

井川にも腹が立ったが、こんな男に振り回されていた真芝もばかだと思う。しかし、そのばかに骨抜きにされて、代わりに怒っている自分が一番ばかなのだと、秦野は怒りに息を荒げた。

そんな秦野になにを思うのか、へえ、と笑った井川は向けられた憤りを笑っていなす。

「傷ついたってそれ、俺のこと好きだからだろ」

そうじゃなかったらなんであんたなんか。くすくすと唇を歪めながら、井川はさらに言った。

「あいつはやさしいからさ。あんたみたいなおかわいそうなやつだったら、同情で気を引けば一発だろうなあ」

「な……!」

ひどい言いぐさにかっとなりながらそれでも、痛いところを突かれたことには気づいていた。同時に、真芝が気を遣えば遣うだけやるせなくなる自分の、その感情の所以がどこにあるのかも。

ただ、愛されたいだけだ。過去を、寂しさを埋めるようにやさしくされなくてもいい。そこにいて、真芝が想っていてくれる実感さえ感じられるなら、ぼろぼろにされてもかまわない。

「だから、なんなんだよ」

それがもしも同情ならば。そう感じてつらくなる一方で、それでかまわないと思っているのも本音だ。いっそつけこんでかまわないからあの男を、離したくないのは秦野の方なのだ。

「真芝が、俺のこと見捨てないなら、同情だってなんだっていい」

「へぇー。プライドないんだ？」

「そんなもの……っ、いらない！」

とうに捨てたと言いきって、きつく睨み返した秦野に、井川はばかにするかのように鼻を鳴らした。秦野はどうにか興奮をやり過ごし、拳《こぶし》を握って声を落とす。

(同じレベルになってどうすんだ)

このままでは巻きこまれて井川のペースだと、何度も深呼吸をして声を絞り出した。

「あいつがまだ、あんたのことを好きだっていうなら、……そして井川さんもそうだっていうのなら、仕方ない」

いったん言葉を切ったのは、このまま井川に殴りかかってしまいそうな自分を堪えるためだったが、期待に目を輝かせた井川はその一瞬の沈黙を自分の都合よく取ったようだ。

「じゃ、返してくれんの？」

「わけねえだろ！」

どこまで図々《ずうずう》しいのだと眩暈さえ覚えながら、秦野は懸命に感情を抑えようと息をつく。

「そう思ってた、って話だ。——でも、あいつはいまいないし、ここで俺とあんたがぶつくさ言ってたって、それこそ仕方ない」

「なにそれ」

「そんなこともわかってないやつに、……真芝は渡さない」

選ぶのは結局真芝だと、痛みを飲みこみながら秦野はきっと目線を強くする。

「は……はは、あっはっはっは!!」

秦野の真っ直ぐな視線に臆したような井川は、青ざめ唇を嚙んだ秦野がきっぱりと言いきったあと、なぜか突然げらげらと笑い出した。

「なんだよ、結局それ……? すげー、超自信」

「なにが言いたい」

常軌を逸した嬌笑に、胸くそ悪いような不安が押し寄せてくる。ゆらりと立ち上がった井川は、真芝ほどでなくとも秦野よりは背が高く、睥睨《へいげい》されて思わず身構えた。

「それ、貴朗が買ったんだろ」

「……え」

殴りかかってでもくるかと腰を引けば、井川の指さしたのは秦野が纏ったパジャマだ。着心地のいいそれは、先日強引に抱かれた時に真芝に似合うと言われたものだった。

「わっかりやすいよね、あいつ。こういう色好きなんだよ……俺にもよくくれた」

「ちょ、っと」

ゆっくりと近寄られ、秦野は戸惑う。じっと襟元に視線を落とした井川の気配は、なにか妙な興奮を帯びている気がしたからだ。

じりじりと間合いをつめられて秦野はうしろにいざるほかにない。飛びかかってくるのでもない以上、殴るわけにもいかずどうすればと思っていると、突然その手のひらは胸の上に触れた。

「なあ、セックスうまいだろ、貴朗」

「い……井川、なにを」

「うまいし、すごいタフだから……いっつも腰ががくがくしてたよ。あんたは？」

明らかに粘ついた手つきで胸を撫でられ、ぞっと身体中が粟《あわ》立った。井川の意図をはっきりと悟るのに時間がかかったのは、よもやこんな事態だけは想像していなかったからだ。

「や、やめろ……なに考えてるんだ、おまえ!?」

もがいて押し返そうとすれば、凄《すさ》まじい力で腕を摑まれる。はっとして逃げようとしても遅く、背中には壁の感触があった。

「貴朗は脇腹《わきばら》弱いんだよな。あんたそういうのちゃんと、知ってるのか？」

「おい……冗談だろ、井川……!!」

なにひとつ秦野の言葉など聞いていない井川は、真芝が弱いと言うその場所を秦野の身体で試すように手のひらを蠢かせる。普段真芝に触れられれば快美な甘さを感じる肌は、いまは悪寒にそそけ立つばかりだ。

「はなせ……っ」

振りほどこうともがくのに、見た目は優男じみた井川は万力のような力で腕を締め上げ、体重をかけて秦野を壁に押しつけてきた。その瞬間、なにか奇妙な臭《にお》いを秦野は感じ取る。

（なんだろう、この臭い……？　なんか、つんとするような）

混乱した頭ではどういうたぐいのものか思い出せないが、なにか鼻をつくそれに惑っていれば、井川はさらにぐいぐいと秦野に迫った。

しつこく撫でられる肌も、性感には繋がらないがなにも感じないわけではない。ぞっとするそれに身を捩《よじ》らせ、不気味さと恐怖に唇を震わせた秦野を、どこか焦点の合わない目で井川は見下ろす。

「それともなに？　……あんたそんなに具合、いいわけ？　貴朗のアレここにぶちこまれて、ひいひい言ってるんだ……？」

にたりと嗤った口元が赤く、まるで裂けたかのように大きく見えた。そのまま握りつぶすような力で尻《しり》を摑まれた瞬間、秦野は反射的に脚を振り上げる。

「……ざけん、なっ！」

めいっぱいの力ですねを蹴ると、一瞬だけ拘束が弱まった。震えそうな脚を叱咤《しった》して秦野は井川を突き飛ばし、逃げながらこみあげてくる吐き気を堪える。

（こいつ……どうかしてる……！）

尻を摑んだ瞬間、井川は確かに勃起したそれを秦野へと押しつけてきた。どういう情動なのか理解もできないが、たまらなく不愉快でまた恐ろしく、リビングから玄関へと必死に秦野は向かう。

それでも、がくがくと震えたままの膝は走っているつもりで少しも進まない。

「蹴った……痛い……」

「ひっ！」

「痛いじゃないか！　痛いだろう、なにすんだよ!!　なにすんだよ!!」

廊下の中程まで逃げた時、がん、と後頭部に衝撃が襲った。殴られたのは井川が手にしていたマグカップで、割れることはなかったが冷めかけたコーヒーがそこら中に散らばる。

「――い……っく、あ」

「おまえみたいなやつの、どこがいいんだ」

痛みに呻いて竦んだところを蹴り倒され、秦野はそのまま倒れこむ。馬乗りにのしかかってきた井川は奇妙な風に息を切らして、なにかスプレーのようなものを取り出した。

「げほ……っ」

「ちゃんと吸えよ……ほら、ちゃんと吸いこめってんだろ！」

頬に爪が食いこむほどに強く摑まれ、顔面にそれを何度も噴霧される。喉を押さえられて咳きこめば、いがらっぽいような気体を秦野は深く吸いこんでしまった。

「なん……こ、……う、あ？」

舌が痺《しび》れるようなそれに、瞬時に薬物のたぐいかと悟った時には遅かった。押さえつけられ、びりびりという音がすることで服を破られたのはわかったが、目の前がぐらぐらと歪んでいる秦野はそれに抗うこともままならない。

「んだよ……こんな、痩せすぎで、……貴朗そんなの、嫌いなのに」

「や……め、痛っ！」

握りつぶすように乳首を抓《つね》りあげられ、秦野はその瞬間走り抜けた疼痛《とうつう》にぞっとした。尋常でないような怖気《おぞけ》が走り、その中になにか淫猥《いんわい》な感覚が混じっていた。

（なんだ……これ）

身体が痺れて動けない。抗う腕も力が入らず感覚は散漫で、それなのに下肢の奥にだけひどい熱がたまっていく。ずるりと、皮膚が爛《ただ》れ落ちるような感覚に怯え、秦野はそれでも必死にもがいた。

しかし、這うようにして身を躱し、どうにか逃れようとすれば今度は下着が引き下ろされる。

「ひ……いや……！」

「こんなたいしたこともない身体で、……貴朗満足させてやってんの？」

いきなり突き立てられた指に覚えたのは、痛みとやはり異常なまでの強烈な刺激だ。強引に潜りこんでくるそれを拒みたいのに、信じられないほどの痙攣をする秦野の粘膜は、少しも意志を反映せず、どころか異物を嬉しそうに飲みこもうとする。

「まだ硬いじゃん……へたそうだなあ」

「ひあ！　や、やだ、かけ、かけるな……っ」

拡げられたそこに、先ほど吸いこまされたスプレーがまた吹きつけられた。ざわっとした悪寒と熱が同時に秦野を痺れさせ、それ以上にわき起こるのは恐怖だった。

「あ、ほら。これ効くだろ？　すげえ、もうぐちょぐちょ」

「い……いが、……やめ」

歌うような声で——実際半ば鼻歌混じりで、秦野のそこをくつろげ、ふきかけた薬剤を中へと塗りこむ男がもう、壊れていることを知る。

「だってしょうがあないよねぇえ？　俺は悪くないんだから」

「……っ!!」

中で、指が回った。あまりのおぞましさに、声も出なくなりながら、もう自分が本当に変わってしまったことを秦野は認めざるを得なかった。

（いやだ……されたくない……いやだ）

真芝にはじめて開かれた日にはただの感触でしかなかった、この身体の奥を探られた行為は、既に秦野にとってはなによりも意味のあることになってしまっている。からかうように、器具やそのほかのもので犯してあげようかと、あの甘い声で言われて羞《は》じらいながら怖かったのはそのせいだ。

「や……まし……ましば」

彼以外を許してしまうのは絶対にいやだった。そうでなければ、もともとゲイでもない自分が、こうして快楽を感じる必要性はどこにもない。

好かれて愛されている、その熱情の深さを教えてくれるから、真芝とのセックスはなにも恐れることはなかった。いまさらにそれを痛感しながら、叫んだ井川の声にはっとなる。

「呼んだって来るわけねえだろ……っ！　貴朗はもう、二度とここには来れないよ！」

「おまえ……っ！」

のしかかってくる身体から漂う、異臭。それは揮発油の――おそらくは灯油の臭いだ。歪んだ顔のままげらげらと嗤う井川に、秦野は自分の唇を切れるほど噛みしめる。

「火……つけた、のか……？　なんで、なんでそんな……！」

「俺のこと、ばかにしたからだーよー」

ぶつりと、食い締めた歯が唇を破り、その痛みに秦野はどうにか感覚を取り戻した。ぐっと力をため、井川が気づかないようにそろそろと、腕を伸ばす。うふふ、と嗤った男は秦野の表情にも気づかない。

「貴朗の大事なものなんか、全部壊してやるんだ……あいつが悪いんだ、悪いんだ悪いんだ」

「ざけてんじゃ、……ねえよ！」

そうして摑んだのは先ほど殴られたマグカップで、その取っ手を摑んだ秦野は、そのまま腕を振り上げ自分にのしかかった男の顔面を殴りつけた。

「ぎゃっ！」

昏倒《こんとう》した井川の下からどうにか這い出し、秦野は胸を喘《あえ》がせながら立ち上がる。裾を踏みそうなパジャマを引き上げながら、ふざけるなと何度も呟いた。

「節操ないのかおまえは……っなんでここで俺のこと強姦《ごうかん》しようって思うんだ、わけわかんねえ！」

「いたあ……痛い……!!　痛いいい!!」

「そんなことされたって俺は痛くも痒《かゆ》くもないし、それに……真芝だってちゃんと生きてる！　さっきまでここにいたんだからな！」

大仰にわめいていた井川は、ざまをみろというような秦野の声にぴたりとその悲鳴をやめた。その後睨みつけてきた井川の目は、まるでぽっかりと穴でも空いたかのように暗く、よどみきったものだった。

その眼差しに、秦野はぞっとする。井川に犯されるというだけでなく、明確な殺意をも感じ、それが既に行動を伴おうとしていることに気づいてしまった。

「あ――ああああ!!」

そこから先の秦野の記憶は、混沌《こんとん》としている。獣じみて、半ば呂律《ろれつ》の回らない声でわめきながら秦野を犯そうとした井川をどうにか躱したが、背後から髪を摑まれ殴り倒された。

凄まじい怒声と、なにかの割れる音がした。あちこちに何度も頭をぶつけられ、秦野も相当に殴り返したような気がしたが、次に状況を把握したのは強烈な息苦しさを感じたからだ。

「死ねよ……死んじゃえ、死ねって――!」

「ぐ……!」

唇が腫《は》れあがった井川に首を締め上げられもがきながら、秦野の意識がまた遠のいていく。何度も頭を床に打ち付けられ、秦野の指はただもがいて空を搔《か》くばかりで、抗うにも狂気を顕わにした男の腕に爪を立てるのが精一杯だった。

ひゅう、と細い音が喉から漏れ、視界が暗くなる。震えた眼球はぐるんと回りそうで、もうだめなのかと思った、その瞬間だった。

「――秦野さん……!!」

力強い声が聞こえて、ふっと身体が軽くなる。急激に入りこんできた空気に肺が痛み、ぐらぐらと眩暈のひどい頭を振って秦野は咳きこんだ。その背中をさすりながら抱きしめられ、強い腕の感触にほっとする。

「どういうつもりだ、いったい……おまえっ」

秦野を抱きしめた真芝は凄まじいまでの憤りを広い肩にたたえ、小刻みに震えていた。殴り飛ばされたのか、井川が倒れたまま呆然と目を瞠り、秦野を庇《かば》うような真芝を見つめながら呟く。

「ひど……貴朗……なぐった……」

「殴った？　——ああ、殴りもするだろうが!!　殺されないだけましだと思え!!」

びりびりとその場を震わせるような声で怒鳴った真芝にきつく抱かれ、どうにか咳を治めた秦野は、必死にその腕を掴む。

「……め、まし、……そいつ、おかし……」

「いい、喋《しゃべ》らないで……なんてことを」

きつく抱きしめてくる男に、危ないのだと言うつもりが言葉にならない。井川はもう壊れていて、普通の状態ではないと教えるよりも先に、ひい、という異様な声が聞こえてふたりは竦みあがる。

「ひー……はは、ははははー……なにそれ、なんだよお」

「……っ、井川……!?」

嗤いながら泣いている井川は、のろのろと立ち上がるなり力任せにリビングとの境のドアを蹴りつけた。ガラスのはまったそこは既に先ほどの乱闘で壊れかけており、破片がさらに飛び散る。

「貴朗……貴朗こっちに来いよ……おいでよ」

強ばった表情のまま、真芝は秦野をその背に隠すようにする。まだぐらぐらと痛む頭のまま、やめてくれと秦野はそのシャツにしがみついた。

「おいでって……ねえ」

井川の手からは鮮血が滴り落ちていた。痛覚さえないのか、ガラスの破片を摑んだまま微笑んで、じりじりと近寄ってくる井川にやめてくれと蒼白《そうはく》な顔のまま秦野は叫ぶ。

「——やめろ……!!」

破片を振り上げて、なにか意味不明のことをわめいた井川へ真芝は摑みかかった。突き飛ばされ、秦野はうまく動かない身体が呪《のろ》わしいと思いながら、その場に立っているのが精一杯だ。

「なあ、死のうよ貴朗……なんで死ななかったの？　火つけてあげたのに」

「ふざけんな……っ」

ぎりぎりと真芝は井川の腕を摑んでいる。彼が腕を振るたびに飛び散った血で真芝の頬も赤く汚れ、あとほんの少し均衡が崩れた時が最後だと、互いに睨みあっている。

「愛してたのにさ。なんで俺たち、だめになるの？　なんで貴朗は俺の言うこときいてくんないの」

「そんなもの……っ、一度だっておまえが俺に寄こしたことはないだろうが！」

状況に不似合いな笑みさえも浮かべ、夢でも見るような声で呟いた井川に、真芝は言い放つ。

「こんなのただの暴力だ！　甘えて、誰か傷つけて、自分と同じにしたいだけだろう!?」

「……ましば」

その言葉の苦さを誰よりも噛みしめている真芝の叫びは、秦野にはひどく痛かった。呟いてかぶりを振り、もう違うと言いかけたその小さな声に、一瞬だけ真芝は集中を欠いてしまう。

「同じだったろ、同じじゃないのか!?　俺とおまえがなにが……っ!!」

「——井川、やめろ……！」

振り上げたガラス片が、真芝の頬をかすめた。ぎりぎりのラインで反らされたそれは明らかに真芝の首筋を狙《ねら》っていたが、叫んで背後から飛びついた秦野に阻まれて、井川は離せと叫ぶ。

「うざいな、邪魔すんなよ！」

「秦野さん……っ」

よろめいた足では、背中にぶつかるのがやっとで、振りほどかれた秦野が倒れたのを見てとり、真芝が叫ぶ。平気だと言いたいけれど、もう声も出ないまま秦野はその場で胸を喘がせた。

（もう……やめて、助けてくれ……！）

祈るように、怒声をあげながら揉みあうふたりを見ているうち、うわんと視界が歪んでくる。

激しく揉みあい、真芝が身体をぶつけられたのは結生子の部屋のドアだった。施錠されたそれが軋《きし》むほど、何度も井川は真芝に殴りかかり、真芝もまたそれを必死に躱す。

それでも、正気を失った井川の力は尋常でなく、体格で勝るはずの真芝も首を締め上げられて逃げ場がない。

「……ああああああ!!」

「真芝……っ!!」

狂ったようにわめく井川が、とどめとガラスを振り上げ、秦野の目にはそれがまるでスローモーションのように映った。絞り出すように声をあげたその瞬間、蝶番《ちょうつがい》の軋むいやな音と、なにかが破れるみしりという音が悲鳴に重なる。

「あ……あ……」

瞠ったままの秦野の目には、蝶番の壊れたドアが内側へと開き、吸いこまれるように倒れこむふたりの姿が見えた。

どおん、という激しい衝撃音とともに、床が振動する。

「なにが……」

そのあと、しんとなった部屋の中を覗きこむ勇気は秦野にはなかった。薬物を吸いこんだ身体は既に身動きが取れず、ただがたがたと震えたまま目を瞠っていれば、破れたドアの隙《すき》間《ま》からなにかが動く気配がする。

「秦野さん」

「ま……真芝……っ」

殴られた頬を押さえながら出てきた真芝のシャツは、真っ赤に染まっている。まさかと思いながら秦野が震え上がれば、少し息をあげながらも危なげない歩みで彼は近づいてきた。

「ち……血が、……血が、おまえ」

「俺じゃない。大丈夫。よかった、財布忘れて戻ってきて、……間に合って」

べっとりとしたそれに青ざめ、それでも弱くかぶりを振った真芝の頬に秦野は手を伸ばす。そこでようやく、次に襲ってくる気配がないことに気づいて真芝を見上げる。

「し……死んだのか……？」

指先に触れた生々しい血痕《けっこん》にも、自分の発した恐ろしい言葉にも震えていれば、部屋の奥から弱い声が聞こえた。秦野がこわごわと覗きこみ霞《かす》んだ目を懲らすと、そこでは血溜《ちだ》まりの中で肩を傷つけた井川がのたうち回っている。

「……う、う」

井川の呻くそれを耳にして、秦野は複雑な安堵を覚える。かすかに震える腕で、真芝はそっと秦野を抱え上げ、大丈夫だからと再度呟いた。

「救急車を、呼ばないと」

真芝に抱きしめられながら、かつてエリートであった男の姿を呆然と秦野は眺めるしかなかった。

怪我に自失した井川はただ泣きじゃくるばかりで、そこには先ほどの恐ろしいまでの迫力はない。ただ哀れで惨めな、傷ついた男が震えているばかりだ。

どうして、こんなことに。

「秦野さん……!!」

目の前の凄惨《せいざん》な情景を眺めた秦野が最後に思ったのはそれだけで、急激に意識が遠のく。

叫んだ真芝の腕が背中を支えたことを感じながら、あとはふつりと、なにもわからなくなっていった。

＊　＊　＊

深夜だというのに区立病院の救急外来はひとで溢れていた。血まみれの三人が運ばれた先、井川はストレッチャーで処置室に入れられたが、真芝と秦野は簡単な治療で終わりとされた。

事件にはしたくなかったが、明らかにただごとでない姿で病院に赴けば通報をすると告げられ、拒めなかった。また、秦野が吸いこまされた薬物スプレーの件もあり、かいつまんだ事情を医師に打ち明けないわけにはいかなかった。

スプレーの中身を急いで分析した結果、出てきた数値から、合法ではあるがタチの悪いそれらを混合した、素人の使うドラッグであると知らされた。粘膜吸収のそれは即効性は高いが、さほどあとを引くものではないと告げられ秦野はほっとする。

「ただ、おそらく数日は悪心や眩暈などがあると思いますので、できるだけ水分を摂ってください」

噴きつけられただけであれば、それ以外処置の方法はないと吐息され、お大事にと告げる医師の目にはなんの感情もない。救急外来では厄介ごとも慣れているのか、血まみれの真芝に対しても、特になんの言葉もなく、打撲の湿布薬と絆創膏《ばんそうこう》が与えられた。

「お大事に」

「お世話かけました」

疲れきったままの真芝はそう吐息混じりに答え、まだ少し足下のおぼつかない秦野の肩を支えるようにして立ち上がる。

深夜の外来はがらんとしたままで、救急受付との差に呆然とするような気分になった。そのあまりにも静かな暗い通路を通り抜け、長く沈黙したままだった真芝がようやく口を開く。

「タクシー、呼びますか」

「この格好でか？」

出入り口付近にある公衆電話には、最寄りのタクシー会社のナンバーが印刷された紙が貼《は》り付けられている。病院からならどうにかなるでしょうと吐息しながら、今度は手にしてきた財布を取り出そうとした真芝の腕に手をかけ、秦野はゆるくかぶりを振った。

「歩いて帰ろう。こっからなら、二十分もかからないし」

「でも、秦野さん」

時刻は明け方近かった。冬の夜明けは遅く、まだ周囲は真っ暗なままで、血まみれのシャツにコートを羽織っただけのふたりも見咎《みとが》められることはないだろう。

「歩きたい。いま車に乗ると、また吐きそうだから」

救急車に揺られる間、嘔吐《おうと》を堪えきれず数回吐瀉《としゃ》したが、おかげで少しは胸のむかつきが消えている。ゆっくりでいいから外の空気を吸いたいと重ねて言えば、真芝ももう強くは止めなかった。

無言のまま、ひたすらに道を歩いていく。秦野のマンションまでの道のりの半ばまで来ると、そこには勤め先であるひまわり園が、バザーあとの名残《なごり》の看板を立てたままひっそりと静まり返っていた。

（昼間は……ここで、普通に笑ってたのに）

その時間の記憶と、いまのこの悄然とした足取りとが結びつかなくて、秦野は深く吐息した。

　ささやかなその音に、びくりと隣を歩く真芝が肩を震わせる。唇を引き結んだ彼も、もう役目の終わった看板を睨んだまま、その場に足を止めている。

「井川、どうなるかな」

　間が持たなかっただけでもなく、秦野は気になっていた事柄をようやく口にした。

　診療中に、通報を受けたらしい警察官が現れたが、秦野は怪我の治療中にも少し吐いたため、病院にいたほとんどの時間は点滴を受けていた。そのため警察との話し合いを真芝に任せるしかなく、細かい状況を知らない。

「おまえは？　なんか言われた……？」

「火事の件を話しましたし、ほかにも状況的に、こっちが被害者なのは間違いないって」

　真芝が加害者と疑われはしないかと秦野は案じたが、事情を説明するよりも先に井川の怪我の状態を調べた医師が『転んだか手元が滑ったための過失であろう』と証言していたと聞かされ、それだけはほっとする。

　区域は違うがその夜真芝が自宅に放火されたことを告げ、井川からなにか灯油のような臭いがしたと重ねたことで、にわかに警官の表情は硬くなったと真芝は言った。

「立件するなら少し……ややこしくなるだろうということでした。もし被害届を出すなら、現場はそのままにしておいてくれと言われて」

錯乱した井川は治療中にも殺してやると叫んでおり、血液検査の結果薬物反応もあったらしい。

傷害事件かと思われたそれが、重い罪状を伴う可能性が出てきたことを察した警官の声はどこまでも苦く、調べは後日ということで、治療を終えた秦野と真芝は保険証などで身元確認をしたあとには、そのまま帰宅を許可されたのだ。

「——落ち着いたら一応の話を訊きたいから、連絡があるまで待機していろということでした」

「わかった」

硬い横顔のままの真芝も、冷静そうに見えて相当に動揺しているのがわかる。言葉を濁しはしていたが、おそらく井川につく罪状は殺人未遂だろうと秦野にも察せられたからだ。

まだ頭が混乱している。神経が高ぶっているのか、身体の痛みなどはそう感じはしない。そもそも打撲箇所は秦野より、揉みあっていた真芝の方が多いくらいではあったのだ。

「なあ。身体、痛くないか？」

歩きたいなどと言ったけれど、本当はつらいのではないかと背の高い男を見上げると、その頬がきつく強ばるのが夜目にもわかる。

「すみません」

「なんで謝るんだよ」

落とされた呟きがあまりにも重くて、秦野は怖くなる。

（こいつの方が、きつそうなのに）

先ほどから、一度も真芝が秦野の目を見ようともしないことには気づいていた。そうして井川ともつれながら叫んだ、あの苦しげな一言も、秦野は覚えている。

真芝の中に荒れ狂う自責の念は、彼自身をも押しつぶしてしまいそうで、秦野は苦しい。

「また、……結局あなたに迷惑かけた。あいつのことで、二度と……こんなことにならないように」

気をつけていたはずなのにと、呻くように言う真芝には、なんの言葉も届かない気がして秦野は焦る。こちらを見ない目、きつく唇を嚙みしめた横顔もひどく遠くて、不安ばかりがこみあげた。

「なん……なんでおまえのせいなんだよ。俺が、あいつに喧嘩《けんか》売っちまったから、それで」

硬い横顔のままの真芝は、どこまでもこうして秦野に迷惑をかけてしまったことを詫びたが、挑発したのは自分だからと秦野は浅い息のままかすかに笑った。なぜ笑うのかわからないまま笑った。

笑ってみせるよりほかに、なにかかたくなに閉じてしまいそうな真芝の気持ちをやわらげる術《すべ》が見つからない気がして、頰がかすかにそそけ立つ。

「俺は、……」

しかし、思いつめた声で呟く真芝は、その必死の秦野の笑みを見つめることはない。深々と吐息して、両手で顔を覆う彼の腕に、咄嗟《とっさ》に秦野はしがみついた。

「——真芝、まし、……真芝？」

頼むからその先を言うなと、これから告げられる言葉などわからないはずなのに、いやな動悸《どうき》を覚えた胸がぎしぎしと軋んでいく。

そして、深くわななく吐息をした真芝は、秦野の心臓が止まるようなことを呟いた。

「あなたの前にいない方がいいのかもしれない」

「そん、なに……言って」

笑い飛ばすつもりで、しかし秦野の声は喉の奥にからまったように途切れた。次の瞬間には、井川に殴られた時よりもなによりも、ひどい痛みが襲ってきて、声も出なくなっていく。

「いつまでも、傷つけて……巻きこんで、こんな目に遭わせてばかりで」

寒さからだけでなく小刻みに震える歯の根が、かちかちと音を立てている。

（……いやだ）

それだけはいやだ。こんな形で終わるのはいやだ。疵《きず》などひとつもない、なにも傷ついていないから、そんな顔をしないでくれと秦野は言いたかった。

「まし、……」

違う違うとかぶりを振って、お願いだからこっちを見てくれと言いたいのに、やはり声は出ない。ただ見開いたままの目がひどく痛くて、溢れそうな雫《しずく》を必死に堪えるしかできない。

「秦野さん、ごめんね」

「あ、……あ、や」

肘《ひじ》のあたりを摑んだ指を、そっと引き剝がされる。だめなのかと、もうだめなのかとそればかりが浮かんで、呆然とする秦野にひっそりとした声で真芝は言い、そして。

「どうしても、諦めきれないんだ」

秦野がうちのめされかけた瞬間、突然彼は膝を折った。

「ま……真芝……？」

その場に腕をついた真芝が、なにをしているのか秦野はわからなかった。

「ま、しば……？　おま、……おまえ、なにして……っ」

「情けないと思っても、嫌ってもいい、でも、……でも……っ」

言葉通り、上擦ったそれは情けなく弱いものだった。しかしそれを、惰弱と思うことなど秦野にはできない。それ以上に、深く頭を下げた真芝の状態が、信じられない。広い肩はただ震えて、唇を何度も嚙みしめた声も震えている。

あの、プライドの高い男が土下座しているのだと気づいたのは、暗い地面に落ちた影を数分も眺めてからだった。愕然としたままの秦野に向けて、真芝は低く静かな声を出す。

「頼むから、一緒にいて。俺を幸せにしてください」

真摯な響きで告げた真芝は言葉を切り、ようやく顔を上げた。

強い眼差しだった。土下座までしているくせに少しも卑屈にはならないその目の中には、秦野が怯えたようなあの諦念《ていねん》も、別れる意志も見当たりはしない。

「一緒にいてくれ。もう、それだけしか言えない。ほかに俺は……なんにもない」

跪《ひざまず》いた真芝を見つめながら、秦野はこみあげてくる嗚咽《おえつ》を堪えきれなくなった。

「……っ、……ひ、う」

力なく、へたりこむように秦野はその背に手をかけて、真芝のそれを抱きしめるように腕を回す。

「きっと、傷つけると思う。大事にしたくても……できないこともたぶんある」

凄まじいまでの安堵がこみあげて、秦野はただしゃくり上げる。震えながらしがみつくと、そのまま強く引き寄せられた。

「俺がいない方がたぶん、秦野さんは、楽だと思う。幸せになれるとも思う。俺といたらまた苦しいことばっかりかもしれない……だけど、ごめん」

それでも秦野がいなかったら生きていけないと思うと、プライドもなにもかなぐり捨てて縋る声は、かすれて痛々しかった。

「ごめん。離してやれないから。本当に……ごめんなさい」

幸福にしてやれる自信など、もうかけらもない。それでも秦野を諦めきれないとつらそう

に、重く苦い声で呟く真芝に縋りついたまま、ぶんぶんと秦野は首を振った。

「そ、……ちが、ごめんとか……なんで」

足が震えて、立てそうになかった。よかった、とそれだけが何度も脳裏に繰り返されて、わななく指先が痛むほどに真芝に縋る。

こんなにも別れることが怖かったのだと、自分でもはじめて知った。ぼんやりと考え怯えていただけの時間など、この痛みとそして安堵の前には笑えるほどに小さなものだ。

「なんで、それ違う、違うよ……おまえ、ちが……！」

「秦野さん」

胸の裡に渦巻くものをうまく言葉にできず、秦野は唇を噛みしめる。やさしい声で髪を梳き、そっとその痛む唇へ触れてきた真芝の口づけは、どこか遠慮されているようで哀しい。

許しを請うように、触れていいのかとためらうようなそれに、痛みばかりが強い。

（そうじゃないのに）

もうとっくにすべてが、真芝のものであるのにと、秦野はもどかしく身を捩った。

「すて、……捨てんなって、言ったじゃないか。俺のこと離すなって、言ったのに！」

「ごめんなさい」

何遍言わせると怒鳴れば謝られて、やはり敬虔《けいけん》なまでの眼差しで見る真芝に、そうじゃない、違うと秦野は癇癪《かんしゃく》を起こしたように言う。

「それとも、やなのか？　……ほんとはもう別れたいのか？」

「そんなわけないでしょう！」

「だったらばかなことすんなよ……っ、びっ、びっくりさせるな……！」

もうやめようと言われるかと思ったあの瞬間、本当に息が止まった。このままいっそ死にたいと思うくらい、絶望に見舞われた瞬間の恐怖が秦野の肌を震わせる。

「心臓止まるかと思っただろ……っ」

「すみません、……秦野さん？」

眩暈のする身体はそれ以上告げることができず、ぐったりとした秦野に真芝は顔色を変える。

「ごめん、こんなところでする話じゃなかった」

「い、……ちょっと、疲れただけで」

力なく首を振り、横抱きに抱え上げられた秦野は大丈夫だと告げたが、しっかりと抱えこむ腕に安堵を覚えるのも確かだった。

それでも吸いこんだ薬物の影響か、それとも普通ではない状況のあとだからだろうか。普段ならば奥底に押しこめているような感情が一気に吹き出してくる。

もっと甘えたい。素顔を見せて、もっと近づいて、お互いのどろどろになった中身までをさらすほどになってしまいたい。いままで堪えてきたすべては、もう少しで決壊を迎えてしまうだろう。

早足に歩く腕の中、その燃えるような情念が自分をどこまで押し流してしまうのかと恐ろしく、秦野はただ震え続けた。


マンションに辿《たど》りつけば街は既に青白い朝を迎える頃合いになっていた。一歩踏み入れた部屋の中は見るも無惨な有様《ありさま》だったが、被害が廊下と、主に結生子のいた空き部屋のみに集中しているだけましかと、秦野は息をつく。

「ここ、片づけは……っと、しちゃいけないのか」

「あ。……そのこと、なんだけど」

血痕の残ったそこをできるだけ見ないようにしながら歩いた秦野は、そっと問いかけてくる真芝に、道々考えていたことを告げた。

「あの。あのさ、事件にしないでも、俺、いいんだけど……それ、だめなのかな」

「なんだって!?」

その申し出は思ってもみなかったものだったのだろう、真芝はぎょっとしたように目を剝《む》く。

「だって、一番ひどい怪我したの、あいつだし……俺が被害届出さなかったら、終わるんだろ？」

「そんな、だって秦野さん」

ニュースや新聞で見た程度の知識であったが、被害者本人がその訴えをしない限り、刑事事件として立件されることはないはずだ。その場合多くは民事扱いとなり、示談で和解をするなどの交渉をするのが大半だが、秦野はそれすらもやるつもりはなかった。

「だって、……騒ぎにしたくない」

事件が会社に伝われば、真芝の立場も悪くなるかもしれない。そう思って告げた言葉だったが、真芝は無理ですと首を振った。

「秦野さんがよくても、放火は確定だ。これについては……俺らだけじゃどうしようもない」

「あ……」

「それに、やさしいのもわかるけど……今回は俺は、どうしても……許せない」

失念していたそれに気づいて、秦野はうなだれる。吐息した秦野の肩を強く抱いて、あんなやつに同情することはないのだと真芝は言った。しかしその言葉に、違うと秦野は叫びたくなる。

(俺は、井川に同情したんじゃない)

井川と真芝の確執について、取り調べがはじまれば過去の関係に話が及ぶのは目に見えている。そうして人目にさらされた真芝が傷つくのがいやで、ただそれだけしか考えられなかっただけだ。

「ちがう、それ、……俺」

そんなにやさしくない。ただエゴだらけで、自分と真芝だけが大事で。それ以外をなにかも踏みつけていいと考えていると知られてしまうのも怖くて。

ふたたび襲ってきた惑乱に、秦野は喘ぐように言ってしまう。

「ま、真芝は……ほんとに俺でいい、のか？」

「え？　急に、なに……」

情動が混乱して、感情に整理がつかない。情緒の乱れることがあまりないだけに、一度はずれたたがをどこで戻せばいいのかわからないまま、秦野はしゃくり上げながら言う。

「俺なんか、そんなにいいものじゃないのに……あとで、いやにならないのか？」

強気さは急激に萎《しぼ》んでいき、目を伏せた秦野のおずおずとした問いに一瞬硬直する真芝は、なにを言い出すんだと目を瞠っていた。

「なに？　さっき俺、言ったこと、もう忘れた？」

「違うけど」

忘れたわけでは、むろんない。もうあのまま死んでもいいと思うほどの幸福感に包まれて、しかしどこかに引っかかるような気持ちが残っている。

（俺でいいのか？　本当に……？）

それは、このところ何度も覚えた苦しさだった。巻きこまれてなにも考えきれなくなるくらい、強引に欲しがられているうちはまだいい。けれど、こちらの出方を窺うようにされてしまうと、距離を感じてひどくせつなくなってしまうのは、結局自信がないからだ。

幸せにしてくれと言われて、それをかなえてやれるものだろうか。

「俺、たぶん……もう、おまえで最後だから」

「……え」

「ほかにもう、誰も好きになれない。それが、すごく、怖いから、逃げてて、だけど」

そうまでする価値は果たしてあるのか。真芝に膝を折らせるほどのなにかを持っているとはとても思えないまま、秦野は先ほど応えきれなかった言葉への不安を口にした。

「おまえ、真芝……一緒にずっといたら、いやにならないか？　俺、すごい、いやなやつで」

「なに言ってるんですか。それ言うなら、逆でしょう？」

混乱した言葉に、力強い手のひらで真芝が肩を摑んでくる。どうしたんだと覗きこんでくる目の真摯な色に、ようやく落ち着きかけた呼吸が乱れていく。

「俺が、秦野さんにつけこんで」

「違う……俺、さっき、井川に言ったんだ」

不安そうに語尾が揺れたのは、井川の捨てぜりふをやはり少し気にしていたせいだろうか。

——あんたみたいなおかわいそうなやつだったら、同情で気を引けば一発だろう。

「それでもいいって、言ったんだ……真芝が、おまえが、俺のこと見捨てないなら、同情だってなんだっていいって」

許すのも全部、捨てられるのが怖いからだ。それどころか、追いかけてくる真芝を見たくてするすると逃げ回るような真似をしていた、あの恐怖感は、矮小《わいしょう》な自分を知られることへの怯えだった。

「おまえかっこいいのに、……すごくもてるんだろうに、なんか勘違いしてる気がして。俺なんか、そんなにいいもんじゃないのに、なんか違うとこ見てるんじゃやって」

「ちょっと、……いい加減怒るよ？　秦野さんは秦野さんだろう」

ぶつぶつと、おそろしく後ろ向きなことを漏らしだした秦野に、真芝の気配が険しくなる。

苛立ったように掴んだ腕を揺さぶられ、変に卑屈なこと言うなと真芝は強く告げた。

「それともまだ信じられないのか？　俺のこと」

「おまえじゃないんだ、……おまえが、信じられないんじゃなくて」

「じゃあ、なんで」

苛立つ真芝から視線を逸らすと、背後に壊れたドアがある。まだ生臭いような血の臭《にお》いが漂うそこを怯えたように見つめ、秦野はようやく気づいた。

「だって俺、……なんにもない」

空っぽの部屋の中にあるのは、結生子の思い出などではないのだ。あれはただ、孤独に慣れたばかな自分の、たったひとつ残された逃げ場だった。

「おまえは、さっき俺のこと苦しめるって言ったけど、俺が、……俺の方がおまえのこと、いっつも無理させてる」

「無理って……なにを」

「前のこと気にして、いつも気を遣って、……疲れてるのにここに来させてるし」

ずるくてエゴだらけで、あんなに哀れだった井川にさえなにを譲ってやることもできなかった。

浅ましくて情けない。せめて年が上な分だけでも余裕を見せたいと、真芝を安らがせたいと思う反面、もっと大事にされたくて甘えたくなるのが怖かった。

「俺がしたくてしてるんでしょう！」

「だって俺、……本当に、普通だし」

激しい情熱で抱きしめられ続けて、その腕の中から動きたくなかったのは本心だ。けれどそんなにも思われることが、いつも不思議で、少しだけ身構えて。

「あのね、秦野さん……普通ってなに？　ちょっと落ち着いて」

欲しくてたまらず、けれどいままで誰にも、もらえなかったもの。自分だけを見つめて、自分だけに執着して、離すまいとするようなそんな、強い想い。

手に入るわけがないから、代わりでいいよと自分を差し出すのに慣れすぎて、目の前のものが本物なのかわからず、秦野はただ怖くなったのだ。

真芝を縛りたくはなくて、それでも近づこうともがいたまま、触れあっている気持ちさえ見失いそうで――せめて相手の望むままにしようとしても、自分らしくあってくれと言われてふと気づけば、その中身は空っぽ。

「そんなんじゃ、幸せになんか、してやれないしきっと、たぶん……がっかりされて」

「だから、落ち着けっての！」

足下が揺らぐような不安が止まらなくなって、秦野がぐずぐずと言い募っていれば、舌打ちした真芝に言葉を塞ぐように口づけられた。

「痛……っ」

「まだわかんないかな……まったく、なんでこうなるんだよ……！」

咎めるためだったのだろう、きつく嚙まれて痛みを覚えたあと、怒りとも哀しみともつかない苦い表情を浮かべた真芝は震える秦野を抱きしめた。

「全部それ、俺が言う台詞《せりふ》。わかる？　ねえ！」

「だ、って」

「だってじゃないだろ！　土下座してまであんたが欲しいって言って、まだだめなのかよ!?」

久しぶりに聞く荒い言葉遣いにも、決して離さないと激した目にも、どうしてかほっとする。

「普通ってなんなんだ、なに気にしてるか知らないけど、俺だってあんたが好きなだけのただの普通の男だろ！　同情だってなんだっていいって縋りついて、プライドもクソもなくて、やさしいあんたにつけこんで、それでここにいるんだろう俺は！　それでもまだだめなのか!?」

尊重されやさしさをもらい続けた日々に、それはむろん安寧や穏やかな甘さを感じられた。けれど本音を剝き出しにしたいまの真芝ほど、秦野に近づいてくれはしなかった。

この男の奥底に潜んだ激情、苛烈《かれつ》なまでの強いそれに触れられないことが、いっそ寂しかったのだと、この瞬間秦野はようやく気づかされる。

「くそ……っ、だったら、どうやったら俺は、ここの中に入れてもらえんだよ！」

握った拳で軽く弾《はじ》くように胸を叩かれ、その痛みと振動でほろりと涙がこぼれていく。

（……このなか？）

空っぽの、ぽっかりと虚《うろ》のようになにもない、寂しい胸の中。誰かをふたたび失うことに耐えられなくて、それで距離と時間を引き延ばそうとしたずるさの奥に、眠る痛み。

咎めるように叩かれて、開かれた扉の中に見えるものを秦野はじっと見つめる。

「は、秦野さん……？　ごめん、俺また」

その雫にぎょっとしたように真芝はうろたえる。自分がずいぶんときつい声を発したことに、いまさらに気づいたようだった。慌てて引こうとした手を秦野はそっと摑んだ。節の高い、きれいな長い指を自分の指で何度もなぞり、ぽつりと呟く。

「だって、……おまえが、そうやって」

どうやったら入れてくれるんだと怒鳴られて、こっちの台詞だと言いたかった。強く奪ってほしいのに、ためらうように償うようにやさしくされてしまうのが、秦野にはただもどかしい。

「おまえが、なんかヘンに、え……遠慮、ばっかりして、俺、だから」

「遠慮、って」

時には荒々しいけれども、やさしく触れてくれるその手。秦野を変えて、虜《とりこ》にした男の爪の形まで愛おしくて、それをきつく胸に抱いた。

「もっと、……こっち来てほしくて、でも無理させたくないから」

そっと遠くに置くようにして距離を測られるのがつらかった。ひどいことをされてもいいから、この強い指で握りつぶすくらい、強欲に愛されたいのだとそうして悟る。

ぽろぽろと泣きながら大きな手のひらに頰をよせる。女々《めめ》しいことをと思って、しかし言葉は止まらなかった。一度吹き出してしまった本音は、口にするのに慣れない分だけ、歯止めなく溢れる。

「セックスも、ちゃんと……気持ち、いいか……？　お、……俺、うまく……できてる、かな」

「なに言われたの、井川に」

勘のいい男はさっと眉間に険しさをよぎらせ、しかし秦野にぶつける感情ではないだろうとすぐにそれを引っこめる。

「たいしたことな、……ない身体だって、そ……」

「ちょっと待って……まさか触られたのか⁉」

犯されかかったとまでは思っていなかったのか、青ざめた真芝は声を荒げる。もう否定もできないまま頷いて、秦野は唇を噛んだ。

「なにされたんだ、なあ⁉」

「ゆ、び……っ」

いれられた、と言いながらしゃくり上げると、目の前の男の気配がびりびりと険しくなる。

「でも、……それは、別に、いいんだけど」

「よくないだろう……っ、くそ、いっそあの時……！」

憤りのあまり青ざめた真芝は、いまさらに井川に対して殺意に似たものを覚えているのだろう。

「怒るなよ」

「これが！　どうやって怒るなって」

怒らせた肩が凄まじいまでの怒気に満ちて、けれど呻いた声の低さに秦野がびくりと身を竦めれば、どうにかその感情を押し殺そうと息をつく真芝に、秦野はかぶりを振った。

「そうじゃなくて。俺の前で、ほかのやつのこと考えてほしくない」

剝き出しのエゴをそのまま呟いた秦野に、真芝は目を瞠った。呆然と開いた肉厚の唇にそっと指を這わせ、吐息さえ自分以外に与えたくないような、ひどいくらいの独占欲に、気づいてしまいたくはなかったと秦野は自嘲する。

「それくらい、真芝が、……欲しいんだ」

濡れた目のまま笑う秦野は、自分の眼差しがかつて見たものと同じだと悟る。

結生子が江木に対してその視線を向けた時、この情念に燃えた光をたたえていた。決して自分には向けられることのないそれが眩しくて哀れで、うつくしかったことを覚えている。

手に入ることのないその強い熱情に憧れていられたのは、秦野がその激しすぎる想いを知らなかったからだ。胸の奥が焼け爛れるほどに苦しく、そうして堪えきれず溢れ出した恋情を、迸《ほとばし》るそれがどれほどにつらいのか、いまはもう知っている。

「もう、全部、秦野さんのものでしょう」

「まだ……まだ、足りない」

もっと繋がりたい。皮膚の境目さえないほど混ざって、溶けてしまいたいと願う身体をきつく抱かれる。

「足りないんだ、……真芝が、全部欲しい。どうしたらいい？」

「秦野さ……」

感極まったような声で名を呼ぶ真芝の抱擁、肋骨《ろっこつ》が軋みをあげるような強さに痛みはあったけれど、秦野も精一杯の力で広い背中に腕を回した。

「おまえが好きで、それしかない。そればっかりなんだ、本当に」

喉を掻きむしるほどの飢餓感は、肌を突き破りそうなほどの痛みを伴って秦野を苦しめている。だが、その眼差しを真っ直ぐに向けられた男もまた、同じ目をしていると気づいた瞬間にだけ、その痛みは甘く変化するのだ。

ほかのどんなものでも贖《あがな》えない、同じだけの熱量を持った情でなければ、この痛みは決して。

「俺の中におまえのこと全部入れたい。だから、……だからいつも、されるともう、嬉しくて」

不安を抱えている秦野には、セックスはわかりやすかった。肉を開いて入りこんでくる真芝の感触に、まだこの身体でも彼になにかを与えられるだろうかと思えた。

餓えたこの身体いっぱいに真芝がいるとわかると、それだけで満たされるようでたまらない。だからいつだって求められていたくて、それを知られたくなくて平気なふりをし続けた。

「でもなんか、俺ばっかりいいみたいで、それは、いやで」

「もう、言わなくても」

困り果てた顔をした真芝の声も聞けないまま、秦野は縋るように言い募った。

「だから、……おまえはどうかなあって。少しはいいのか？　満足……できてるのか？」

自分だけが欲しがって、おかしくなるのは仕方ない。それでも真芝に喜んでももらえないのはひどくいやで、だからこそ必死の問いかけに、真芝の色浅い目が潤んでいく。

「なあ、少しは、俺……いい？　よくなれるか……？」

お願いだから答えてくれと呟いた秦野は、潤んだ目で無言の真芝を見つめた。視線に負けたように幾度かきつく唇を噛み、耐えきれないように広い肩を上下させた男は、ひどく悔しそうだった。

「いいっていうか……くそ、くらくらするっ」

なんでそういうことを、ここで訊くのかと呻くように吐き捨て、真芝は首筋に顔を埋めてくる。肩を摑んだ指先は強く、痛みとともに指痕《ゆびあと》を残すけれども、秦野はそれさえも嬉しかった。

「あのね、大抵俺だって、なんだかわかんないんだよ、もう」

言葉では言い尽くせないといっそ苦しげにかぶりを振った真芝の声は険しいほどだった。

「よくなかったらあんなしつこくしないし、……ああ、もう、そうじゃなくって」

「あの、真芝……、あっ⁉ ……あ、ん」

「いつも、秦野さんのここに、ぶちこんでぐちゃぐちゃにしたくて、それだけだ」

壊しそうで怖いんだと、いつも呟くそこにきつく指を食いこまされ、秦野は小さく喘ぐ。

「じゃあ、……じゃあ、して。思っただけ全部で、いいから」

言葉を発することにも、真芝を欲しがることにももう、もう怯えるまいと秦野は思う。

「それでいい、も、……じゅーぶ……っ、おれ、……俺、幸せだから」

止まらないおののきに怯えたままの身体を、軋むほど抱きしめられているいまを、秦野はほかになんと伝えればいいのかわからない。

「……いしてる、愛してるから、真芝……っ」

長いこと同じ言葉では応えられなかったそれを秦野は口にした。一瞬だけその腕を強ばらせ、感極まったように真芝はさらにきつく抱きしめてくる。

「――俺ができることなら、なんでもする。時間も全部……秦野さんにあげるよ」

少しだけ鼻にかかったその声と、強く肩口に押し当てられた目元から滲んでくるものに気づく。

（たぶん、もう……いいんだ）

これだけ想われて譲歩されて、どうしてあんなに怖がっていたのか。焦りをなくしたような真芝はただ愛おしいばかりで、少しも離れたくないと秦野は広い胸に顔を埋める。

ドアが壊れて、開いた結生子の部屋には、ただ空っぽの空間があるだけだった。六年の間封印していたその空間の中になだれこんだのは、血まみれの男だけではなかったのだろう。

いつか、あんな風に、乱暴にすぎても開かなければいけないものではあったのだ。

「な。じゃあ……ドア、これ。なおしてくれるか？」

「ん。わかった」

子どものように頷いた真芝に、秦野はうっすらと泣きながら微笑んだ。不安を感じていたすべてが、ふいにばかばかしいような気になって、長くためらっていたことももう、いまなら言える。

「それから、片づけ一緒にして、……それで、あと」

片づけと掃除を済ませたら、小火の起きたマンションから荷物を運ぼうと告げると、うん、と呟いた真芝の頬が震えた。

一緒に、いよう。この男の手を取って、もどかしく躓《つまず》いても真っ直ぐに歩いていこう。

もうずっと逃げていた気持ちをようやく差し出して、あとひとつこの瞬間強く欲したものを、ためらわず秦野は口にした。

「抱いて……俺と、して。セックスして」

言葉も気持ちも尽くして、もうあとはそれでいい。直裁で、しかしなによりも自分たちにとってふさわしい方法で、繋がりあいたいと願う唇を、求めた以上の口づけが熱く、塞いだ。

＊　＊　＊

忙しない口づけをしながらぼろぼろになったパジャマの上着を脱がされて、愛撫もそこそこに触ってくれと秦野がせがんだのはおぞましい感触の残った身体の奥だった。下着を引き下ろされ、異様に粘ついた感触のそこへ触れた真芝は一瞬あの剣呑《けんのん》な怒りを顕わにした。

「あの野郎めちゃくちゃしやがって……。俺が、どれだけ大事にしてたと……くそ」

「うー……っ、う、んっ、ん！　あ、あ、そこ……かゆい、なんか、痺れて……っ」

「ん、楽にしてて……痛かったり、なんかあったらすぐ言って？」

だが、早くとせがむ秦野の頬に口づける所作はどこまでもやさしい。ベッドに倒れこむのも待てないまま、そのすぐ下の床にへたりこんだ秦野は、上半身だけをシーツの上に乗せたままひっきりなしに喘ぐ。

「うん……ふあっ、はっ、はあ、はふっ」

潤滑剤もろくにないというのに、真芝の指を含んだそこはなにか分泌液を活性化する効果でもあったのか、滴るほどに濡れている。びりびりと、神経が剝き出しになったような刺激を感じて秦野は破りそうなほどにシーツを摑み、声をあげ続けた。

シャツだけを脱いだ真芝に背中を撫でられ、秦野は必死に呼吸する。駆け上がる鼓動が凄まじく、びくりと不規則に痙攣する身体が尋常でない熱を持って火照っていた。

「こす、てぇ……っ、はや、早くそこ、ぐりぐり」

一度触れられればどうにかされたくてたまらず、むず痒いような感覚を持て余して秦野は腰をくねらせる。しかし、その愉悦をたびたびと邪魔するのは、喉奥になにかつかえたような息苦しさだ。

「あは、んんんん、ひ——あっ！　……あ、……うあ……！」

理由のない恐怖感が肌をおののかせ、ずっと粟立ったままの肌の凄まじいような熱に、真芝は少したじろいだような声を出す。

「秦野さん……大丈夫？　ちょっと、無理じゃ」

「い、い、……から、いや、やめな、で……ひう……っ！」

平気だと言うつもりの声が、途中で途切れる。突然、心臓が壊れたのかと思うほど早鐘を打ち、その異様な動悸に秦野は一瞬で恐慌に陥った。

「ひぐっ……あっ、く、あ！」

「くそ、バッドトリップか……!?」

息苦しくてたまらなかった。いくら吸っても酸素が足りない。がくがくと目を瞠ったまま四肢を痙攣させた秦野に真芝は舌打ちしたが、胸が破れるのではないかという不安にさらにその苦しさを掻きたてられ、秦野はシーツを必死に掻きむしる。

「こわ、怖い……っ、ひ、いき、でき、っなっ、……くるし……！」

「落ち着いて、呼吸して……秦野さん、大丈夫」

大きな手のひらをあてがわせた胸の上、びくっと痙攣するほどひどくなったそれを宥めるように、真芝はそこをやさしく揉みしだく。

「ひ、ひ……っく、うう、こわ、い、……怖い……っ」

「大丈夫、抱いててあげるから……怖くない、安心して」

呼吸さえうまくはできないまま、どうやっても肺の奥まで酸素が行き渡らず、次第に目の前が暗くなってきた。尋常でない乱れ方に恐怖感を覚えたのは秦野だけではないらしく、真芝の腕にも緊張が走る。しかし彼は決して声にも態度にもそれを見せることはないまま、辛抱強く繰り返した。

「ゆっくり、焦らないで。……そう、上手にできてる」

「ふ、……ふは、……はっ」

苦しくてつらくて、それなのに身体は勝手に快楽を貪ろうとするのが怖かった。過呼吸に陥りかけているというのに秦野の身体はもう自身の意思とは関係なく、どろどろとした粘液を性器から溢れさせながら真芝の指を食い締めている。

「怖がらなくていい。焦らなくていいから」

「あ……あ、あぐ……っ」

異様に忙しない呼吸は、吸いこむばかりで少しも吐き出せない。苦しくてたまらず噛みついたのはがくがくとする口が舌を噛まないように添えられた真芝の指だった。

「もう少し、……もう少し我慢して。すぐ楽になる」

ぎっちりとくわえこんだそれに、真芝が痛みを感じないわけもなかった。しかし苦痛を声に滲ませることもなく、強ばった身体に口づけながら、何度もあやすような声をかける男のやさしさに、秦野の緊張はゆるやかにほどけていく。

「うう……っ、うっ、ま……まし、ばっ」

「怖くないから……秦野さん。ここにいる。怖くない、大丈夫」

息をして、と幾度も頬に口づけられながら囁かれ、どうにか息を吸って吐く動作を繰り返す。

「あふ……っ」

がくりと脱力し、胸を喘がせればようやくすうっと気管から空気が流れこんだ。肩を上下させ、深い息をつく秦野の背中に何度も宥めるような唇が落とされる。

「はあ、……ああ、はあっ、あぁん……！」

呼吸が凪《な》いだあたりを見計らってそっと真芝の指が伸ばされた。強すぎた感覚に達することもできないでいた性器を、慰めるように擦《こす》りあげてくる愛撫はじんわりとした甘さを覚えさせる。

「このまま、一度出して。たぶん……それで少しは、ましだから」

「ふあ、まし、あ……あ……いい……っそ、そこ、……それ、あんん……！」

身も心もその大きな手のひらに預けきった秦野は、普段では躊躇《ちゅうちょ》してしまうような甘ったるい声を漏らし、指を含まされた腰をゆるく蠢かした。きつく強ばっていた尻の奥もやわらかにほぐれ、吸いつくような動きで男の情欲を煽《あお》っていく。ちゅくちゅくとかすかな音を立てるそこはもう濡れそぼって、あとほんの少しの刺激で終わりを迎えると訴えていた。

「よくなってきた？」

「ん、い……よくな、た。……っあ、でそうっ、なんか……でるぅっ」

ほっとしたように呟く真芝の器用な指が根本から先端へと何度も往復した。身体の内側からも秦野の吐精を促すように動くその感触に快感と安らぎを同時に味わい、とろりと溶けきった声が出る。

「出して、……ほら、いいから」

「真芝ぁ、出る、いく……！　いくいくうっ、あ！　あー……！」

だめ押ししたのは、吐息とともに触れた真芝の甘い声だった。びくっと一度大きく痙攣した身体から、粘ついたものが溢れ、秦野はがくりと力なく頽《くずお》れる。

「あ……あ、ふ」

普段感じるような放埒《ほうらつ》のあとの開放感より、疲労の方が勝った。薬物に興奮状態をもたらされていた身体は重く、達したあとの肌に感じる過敏さがひどい。知っているかのように、静かに真芝は指を引き抜き、脱力しきった秦野の身体をベッドの上へと抱え上げる。

「落ち着いた？」

「ん……だ、じょぶ」

力強い腕にほっとして、秦野は深く安堵の息をつく。視界が霞んで、目に溢れそうな涙のせいと気づき子供じみた手つきで目元を拭うと、眦《まなじり》にたまった水滴を真芝の唇で吸い取られていく。

「水飲んだ方がいい。少し待ってて」

「……や」

そのまま身を起こした真芝が離れていきそうで、慌てて縋れば宥めるような笑みを向けられた。すぐだから、と口づけひとつを残して去る彼に、まるで子どものように縋ったことが恥ずかしく、秦野は自分の身体を両手で抱きながら羞恥《しゅうち》を堪える。

「もう、心臓ひどくならない？」

「ん、……平気」

唇にあてがわれたのは小さめのペットボトルだった。中の水を一気に飲み干すと、粘膜に染みいるような水の甘さに、おそろしく喉が渇いていたことに気づかされる。

「……りがと」

呂律はまだ少しうまく回らないが、異様な動悸は治まっている。人心地がついた秦野がほっと息をつくと、真芝は苦々しい声でぽつりと呟いた。

「医者も言ってたけど、たぶんそんなにやばいのじゃないとは思うんだ。特に、井川の持ってたやつなら」

見当はつくと吐き捨てるような声に、ほんの少し真芝の過去が覗いた。享楽的で浅慮な井川の性生活は、相当に乱れていたらしいとは知っている。

たぶんこの日秦野が吸いこまされたものにも、思い当たる節があるのだろう。眉間に皺をよせて考えこむうち、真芝がだんだんいやな考えになっていくらしいのが見てとれた。

「でも、もし吐き気とか頭痛があるなら、やっぱりもう一度病院に」

「ま……しば」

額に吹き出した汗を拭われながら、秦野はまだうまく発音できない唇をそっと動かす。うなじのあたりには少し痺れたような感覚が残っていたが、そうひどいものではなかった。

「それは、へいき」

「でも、秦野さん、まだ」

だが呼吸は治まらず、浅く胸を上下させたままでいる。汗も尋常ではなく流れ続け、火照った頬が痛い。

「い、……から、真芝、……いいから」

しかしそれは真芝が案じるように不快感からばかりではなかった。こくりと喉を上下させ、潤みきった目のまま、どうにか起きあがった秦野は細い腕を伸ばす。

「あつい……」

「は、……たの、さん？」

膝に絡まったままの下着とパジャマが、汗で蒸れていた。搔痒《そうよう》感ともうひとつのものを持て余しながら、もぞもぞと腰を揺らしてそれを脱ぎ去り、自由になった脚の間へと指を触れさせる。

「ここ……まだ、あつい」

しっとりと濡れた最奥は、まだ真芝の指の感触が残っている。物足りないと開閉するそこに手を這わせ、膝を立てた状態で秦野は上目に男を窺った。

「なか、……さわって、撫で、て……っ」

まだ足りないと訴える声に、媚《こ》びが混じる。自分でもいやになるほど甘ったれたそれに、しかし真芝は揶揄の言葉ひとつ告げないまま、秦野が求めた通りの行動に出た。

「こう……？」

「も、と、もっと強く、さすって……ぐちゃぐちゃにして」

きもちいい、と甘い吐息を撒《ま》き散らしながら秦野は細い首を仰《の》け反《ぞ》らす。内部に含まされた指をせがんだ通り小刻みに揺らされ、そのままぐるりと回されると勝手に腰が跳ね上がった。

「まし、……真芝、ましばぁ……っ」

逞しい腕を摑んで、さらに引き寄せた。彼の指をつかって自慰をするような姿を見られて、どう思われるのかなどという考えは秦野の頭にはもうない。うねうねと縦横に揺れる腰でその硬い指を吸い尽くし、もっとこの悦楽を味わいたいとただそればかりになっていく。

「きもちい……い、あ、……いい……！」

こっちも、とすすり泣きながら空いた手を引いて、弾む鼓動の上にあてがわせた。やさしい手つきで痛いほどの突起を摘まれ、びくびくと腹筋が痙攣してしまう。

涙に曇っている視界の向こう、慈しむようで、ひどく激しい情を滲ませた目の持ち主に口づけをせがみながら秦野は彼の長い脚へと腕を伸ばした。

「く……」

「かたい、すご……」

あやすように指を含まされている場所に、いつもはこの強靭《きょうじん》な熱が挟まっている。急いた手つきで下着の中に指を忍ばせれば少し濡れていて、彼もひどく高ぶっていると秦野に教えた。

「ちょっと、なにして」

焦ったようなその声に、普段真芝が自分を抱く時にどうしてああも執拗《しつよう》にするのか少しわかった気がした。自分の手で乱れ、息を弾ませる恋人の性感を煽ることが自身の興奮を呼ぶということを、久しぶりに思い出した気分だった。

「して……これ、これいれて」

手のひらがちりちりとするほど熱いそれを指で包み、秦野は必死に擦りあげる。濡れた音が響き、恥知らずな言葉でねだってみせたのは、欲しくて欲しくて、たまらなかったからだ。

「だ、から……秦野さん、今日はそれは、ちょ、ちょっと」

「欲しい……だめか？　なあ、いやなのか……？」

反り返るほど滾《たぎ》った男の欲を堪えて、尋常ではない秦野を宥めるためだけに触れてくる真芝にいっそ恨みがましい気持ちさえ湧《わ》きあがってくる。

「いやじゃないけど、あのね。少し、落ち着いて。そうじゃなくて、身体は」

「いいって、言ってるだろ……！」

やさしいだけでは、怖いのだ。いっそいたぶるように抱いてくれれば、そうまで自分を欲しいのかと実感できるけれど、遠慮を滲ませた手つきは互いの距離ばかりを感じさせてしまう。

もう、あの繰り返しの日々に戻るのはいやだ。これ以上どうやって近づけばいいのかわからないと惑い、そのせいで距離を置いて苦しくなるような、あんな感情は終わりにしたい。

たとえ満たされた端から餓える、きりのない欲だとしても、せめてそれを素直に分かち合えるようになりたかった。

「も、……どこでもいい、なんでもいいから……っ、なあ、これ、俺にくれってば……！」

気遣う言葉さえもう秦野には聞こえない。感情も身体も壊れそうに高ぶって混乱している。

それが真芝をどこまでも煽るとわからないまま、必死になって真芝のそれを握りしめた。

「真芝としたいのに……なんでしてくれないんだよ……っ」

「ああ、もう……くそっ！　なんでこうかな、このひとは」

舌打ちした男のまさぐる手つきは荒くなり、それでさえ感じてしまう。濡れた声が止まらず、秦野は無意識のまま、男を愛撫する指の淫蕩《いんとう》な動きを強めていった。

「……っ、あ、あ、……んん……！　あ、い、つよっ……そこいい」

「こんなとこに、こんなに簡単に入るように、あんたをしたのは俺だよ……？」

息を乱しながら自嘲するように呟く、真芝の鋭く強い視線に射貫《いぬ》かれ、秦野は震え上がった。

ひどいことをしている。それもわかってて、でも欲しい。言葉を切り、一度強く口づけた真芝は卑猥《ひわい》でいながらひどいほど艶めかしい、秦野を惹《ひ》きつける酷薄な笑みを浮かべた。

「ここに俺を入れてほしくて、そればっかりになっちまう」

指先を回しながら強烈な執着を見せて笑う男の顔に覚えたのは、恐怖でも嫌悪でもなく――自身でもぞっとするような歓喜だけだった。

「じゃ、……じゃあ、して、すぐ、して……はや、早く……っあう」

恨みがましいようなその言葉に真芝はやるせないような息を鋭く吐いた。ぐっと腿《もも》を掴まれ、その痛いような力に秦野が覚えるのは、どうしようもないほどの嬉しさだけなのだ。

「ここ、おまえ、……おまえだけしかやだって言っただろ……？」

この男が触れない限り、秦野を誰も満たしてくれない。いっそ犯されたいと思ってその浅ましさに息を呑み、けれどいまさらと秦野はわななく声を出す。

「俺だってもう、秦野さん以外……抱けないよ。言ったでしょう、……そればっかりだって」

剝き出しのままの秦野の脚に強い指がかけられ、肌を擦りあげるように這った手のひらは、濡れたままの場所へと性急に触れてくる。濡れた声をあげてしがみつき、甘く痺れた身体をできる限り真芝へと擦りつけながら秦野はよかったと呟いた。

「なにが？」

「真芝がよくないと、意味ない、これ……っ」

業《ごう》の深さではどちらが上かと、気づいてくれと請うように見つめれば、真芝はなぜか苦笑する。そして、「しかたないひとだ」と呟き、みずからの衣服を脱ぎ捨てた。

「よくしてくれるの？」

もうなにもかもかなわないと告げるような表情に胸が高鳴り、秦野の身体がやわらかく蕩《とろ》けた。たどたどしい言葉にさえ笑ってくれる彼を、どうにか自分なりに愛して、快感を与えたい。

「するから……するからして、ここに入って……全部、出して」

巧みな愛撫も、口説くような言葉も秦野を狂おしくかき乱す。しかし秦野が最も感じるのは彼がこの身体の中で到達する瞬間で、その一瞬のためだけに滅茶苦茶にされてしまいたいと思う、そんな自分が怖かった。

気遣いなど見せられたくない。秦野自身がこんなに餓えているのに、真芝にだけ冷静でいられるのはいやだ。濡れた目でじっと見つめていれば、怒ったような顔のまま真芝は言い放つ。

「知らないよ。そんなこと言って」

どうなってもかまわないのかと挑むように見つめられ、秦野は頷《うなず》いた。

「どう、か……しても、いい、……あっ」

大きく脚を拡げられ、ぬらりとした先端が触れる。ほんの少しつつかれただけでも秦野の身体はぐしゃりと蕩けて潰れそうで、喘ぎながら真芝の逞しいそれに手を添えた。

「は、はいる……あー……来る、……はあ、ん、い！」

重く感じるほど張りつめた性器が狭い器官を犯していく。爛れそうなそこに滑りこんでくる長いそれの感触に総毛立ち、中程まで来たあと一息に叩きつけられた。

「いいっ……っあふ、んあ！　あ……！」

衝撃を感じた瞬間ぴしゃっと跳ねた飛沫《しぶき》は、勢いよく噴きあがった秦野の精液だ。茹《ゆ》だったように赤い胸の上に転々と飛び散り、薄く笑った真芝はそのぬめりを指先に取る。

「もういっちゃった？」

「ごめ、な、……なんか、も、出ちゃ、って」

「なんで謝るの？　……これからでしょう」

粘液を、色濃く尖った乳首になすりつけた男は、焦った秦野の言葉に笑うまま繋がった場所を揺らした。腰の動き自体はごくかすかな振動を見せただけのものだったが、秦野の中に包まれたそれはおそろしく複雑に動いている。

「ん、んん……っ」

「よすぎだ……秦野さん、すごく、締めつけてくる」

ため息のような声で低く告げられ、ぞくぞくと震えてしまう。奥までを貫かれてぴったりと深く繋がったまま、脈打ってくる性器のあまりに卑猥な感触に秦野は目を瞠って浅く喘いだ。

「や、な、なに……これ……あ、ひあ、なか、がぁ……っ」

「秦野さんこそ……なに、してるの」

「しっ、してな……っ、なにこ、これ、やだ……！」

しかしそれが自身の制御できない蠢動《しゅんどう》と合わさったものだとまでは気づけずに、開ききった脚をもがかせて秦野は真芝にしがみつく。目を閉じて首筋に齧《かじ》り付いた瞬間、今度は大きく腰を引かれ、全身の感覚を引きずり出すような長く深い抽挿《ちゅうそう》を与えられた。

「や、は、だめ、なっちゃ……っ、ま、待って」

「なんで……待てないよ」

「ああ、う……っ、ま、っ……！　ああっ」

このままではまた自分だけが壊れそうで、それでも必死に手を伸ばし、汗にまみれた真芝の精悍な頬を包んだ。そっと相手を気遣うような秦野の仕草に綻びかけていた真芝の唇は、しかし次の瞬間きつく結ばれる。

「ちょ、っと？」

「よくな……て、ま、真芝も、もっと……ここで」

もうどこでもいいから食べてしまいたいと秦野は鋭角的な顎を甘く噛み、必死に腰を揺り動かす。

すらりとした首筋の汗を舐めとって、広い胸に這わせた秦野の手のひらは、そこに自分と同じほどに乱れた鼓動を感じて嬉しい。

「そう来るか」

「ん、ん、……あ、どきどきして……っう、んんん！」

無意識のまま、指先に触れた突起をやさしく弾くと呻いたのは真芝の方で、一瞬眠むように片目を眇めた彼は秦野の小さな頭を両手で包み、左右の耳の中へ同時にその器用な指を差しこんでくる。

「ふあっ！　あ、や、も、……らめ、んん！　あ、みみ……耳、だめって」

ぞわっと全身が粟立って、舌足らずに訴え震え上がった唇まで塞がれた。そうしながら指で耳を犯されて、もう身体中を真芝に浸食されながら秦野はそのすべてを離すまいとする。

「……いい？」

「ん、い……っも、も、……っ！　いいぃ、いきそ……う」

痛いくらい吸いあった唇を離せば腫れあがったように濡れていた。その間も律動に揺さぶられるまま、真芝の腹筋に擦りあげられた性器は感覚が壊れたかのように粘液をこぼし続け、秦野は怯えたようにかぶりを振った。

もうだめと泣いて、だが、許さないと甘く残酷に囁く真芝は、さらに腰のうねりを強くする。

「だめじゃない。俺がよくなっていいんでしょう？　もっと、ほら。締めて」

「ん、ん、……こうで、いい？」

「きもちよくして……秦野さん。もっと、腰あげて……いやらしく振って」

唆《そその》されるそれにうんうんと頷いて、精一杯感じさせようと秦野は腰をくねらせる。秦野が急かす分だけ、逆にゆるやかに繰り返されるその抽送に、襞《ひだ》のひとつひとつをめくられている気がした。

ねだる声音《こわね》で卑猥な命令をされることにも、秦野は陶酔を覚えてくらくらとなった。

「なあ、……いいっ？　俺、ちゃ、と……できてる？」

「すごく、いい。……くそ、腹立つくらいかわいいな、ほんとに」

頰を撫でながら告げられた言葉に、喜ぶ自分がどうかしていると思う。だが真芝のぼやくようなそれと同時に体内のものも膨らむから、ざわざわと首のうしろまで総毛立って、涙が出る。

「ふあっ、ああっ、……いや、なが……い、ああ……っ！」

ぎりぎりのところまで抜き出される真芝に焦り、無意識に追いすがるように腰が浮く。ゆっくりと滑り落ちてくるような大きな熱塊に、閉じかけた粘膜を開かれる。そうして喪失感に怯えるより先に満たされて、秦野は開ききった唇から漏れ続ける声を止められない。

「舌まで出して……吸ってほしいの……？」

「ひゃ、も……って、あぅん……！　んむ……ふ」

甘く笑った真芝は言葉のあとに震える舌をぱくりと食《は》む。熱の高い口腔に誘いこまれたまま何度も吸われ、行き場のなくなった嬌声まで全部舐めつくされていく。

意識が朦朧《もうろう》として、なにがなんだかわからなくなる。真芝の中に入っているのか、彼が自分の中に溶けこんだのか、それさえもわからないような凄まじい一体感があって、気づけばいままでにもしなかったような動きで腰を振っている秦野がいた。

「秦野さん、そんなに腰……回さないで……吸い取られそうだ……っ」

「いあ、だめ……とま、んな……あああん、あ、んっ！」

自分でしろと言ったくせに、どこか悔しそうに呟いた真芝は、たまらないと吐息した。余裕のない動きに変わっていく腰、脚を抱え上げ撫でさする大きな手のひらに尻の肉を揉みくちゃにされ、徐々に早まっていく抽挿に秦野の声が高くなる。

「っは、はずかし……あっも、へ、変……あ、あそこヘン、なんか、変なこと、してっ」

「ああ、……すごい、きゅうきゅうしてる。気持ちいい？」

「っ、んっ！　ん、んっ！　ど、しよ……い、きもちいい、……いいっ」

がくがくと頷いて、必死にあがいた手のひらを握りしめられる。おかしくなりそうなほどに感じて、見開いたままの目からはぼろぼろと涙がこぼれた。

「あ、も、……わ、かんな……なんか、わかんないっ……！」

呼吸もたびたび止まりかけ、ただ狭い部分をいっぱいに拡げてくる真芝の性器の感触を貪った。恥ずかしいくらいにその場所が何度もひくひくと彼を吸い上げてしまう。そのたび、爪先《つまさき》から脳天まで痺れるような甘い疼《うず》きが走り抜けた。

「……っ、ひ、……！　ひはっ……あ、……ふあっ」

叫びだしたいほどに高ぶって、しかし声すらうまく出せない。ただぱくぱくと開閉する唇が、真芝を締めつける動きと連動するようで、秦野は必死に身体を揺らした。

どうしたらいいのかわからないほど乱れるまま、秦野は喘ぎ続けるしかない。喉の奥にないつにか大きなものが塞がったようで苦しくて、声も出ないまま必死に開き続ける秦野の口元からは、とろりとした唾液が滴った。

「やはぁ……！　あっあっ、あ！」

顎《あご》までのろのろと流れていくその感触にはっとなり、息を呑んだ次の瞬間、堰《せ》き止められていた嬌声が迸る。はしたないような、甘えきって上擦るそれに羞恥と快感がこみあげた。

「きつい？　やめる……？」

送りこまれる律動に切れ切れになるそれをすくい取るように、大きな手のひらが唇へとやさしくあてがわれる。汚れた口元を拭かれながら囁く真芝に、腰を引かれ、必死になってかぶりを振った。

「ね、……ゆっくりにする？」

「いやっ、いやああっ、ぬく、抜くのや……っ、やめ、やめな、……で」

いやいやと首を振って告げたのに、結局熱いものは秦野から抜き取られていく。それを追うように、震えたままの尻を突き出して、秦野は泣きじゃくった。

「いれ、いれといて……それ、ちょ、だい、……いれて」

「こう？」

「いあっ！　あ、ひぐっ……強いぃ……！」

追いすがる言葉を待っていたように、強く突き入れられて息が止まる。ぐじゅ、と粘ったなにかが潰れるような音がして、もがくように伸ばした指で真芝の腿を掴んだ。

「も、も……っし、死ぬ……っ、死んじゃう……！」

泣きわめきながら、しかしさらなる愉悦をねだっているのは秦野の方だった。シーツを握りしめたまま膝を立てて腰を掲げ、自分でもいったいどうしてと思うような動きで腰を振る。

「は、たのさん……っ」

「やめな、んあっ、し、して、してて っ、あう、……それ、……それ……！」

長く続きすぎた絶頂感に、時折意識が途切れがちになる。目を合わせることさえままならない。

中を穿《うが》った真芝のそれがどんなに秦野をだめにしているのか知ってほしくて、おそろしく卑猥な言葉を吐いてしまいそうで、それがひどく怖かった。

「もっと……もっとぉ、あ、も……っそん、それ、当てて……こすって」

深く貫いて、小刻みにかき回してほしかった。奥に当ててそのまま、吸いつくような感触のするもので内部を何度もさすって、そうしながらちりちりと痛みさえ覚えるほど敏感になった肌を、その手のひらで撫でさすって。

「ふ、はふっ……う、えう……っまし、真芝っ、ま……っ」

そのいずれの望みももう口にすることができず、ぐすぐすと鼻を鳴らしながら掴んだ手のひらを自分の肌に押し当てる。だが、そんな秦野以上に求めるものを悟っていた男は、震えた指を逆に捕らえ、強く握りしめながら告げた。

「……好きだから」

「んっ、ん……！　あ、え……？」

行為の最中には不似合いなほど、やわらかい笑みを浮かべた真芝は泣き濡れた目と鼻先に唇を押し当て、ちゃんと聞いてなくてもいいけれどと言った。

「わかって。許してくれるからじゃない、セックスだけ……身体だけで感じてるんでもない」

「ま、しば……？」

「俺をよくしてるのは、ここもだけど」

「あ、あん、あ……んんんっ！」

繋がった場所を指にさすられ、身悶《みもだ》える秦野の胸の真ん中に、唇が落とされる。鼓動を確かめるように頬をすり寄せたあと、潤んだ目のまま真芝はその長い腕でわななく身体を包みこんだ。

「いま、やっと、……中にいる気がする」

それがなにを意味するのか気づいて、秦野は息をつまらせた。一息に膨れあがった愉悦に意識が途切れそうで、それでもやっと腕の中に閉じこめた恋人の身体を引き寄せる。

「俺のなか、……ぜんぶ」

おまえしかいないと告げるつもりの言葉は、重なった唇の中へ溶けていく。

四肢も唇も、深く絡んだままどこまでも混じりあい、律動のたび溢れてくる雫は、真芝の体温に秦野自身が溶けていくからなのだと、そう感じられてならなかった。

ひとつ突き上げられるたび、自分を覆っていた殻のようなものがばらばらと剝がれ、やわらかい脆《もろ》い中身だけが剝き出しになっていくような快楽は、やはり怖い。けれどそうして暴かれたところで、見透かされたすべてはこの男を心から欲しているという、情だけしかないのだ。

「俺を……好きでしょう?」

「まし、真芝、すき……好き、も、……だめ、すき……!」

確認するように問われて、おかしくなる、と秦野は泣いた。体感するそれだけでなく、胸を開いて溢れたこの気持ちを、どうか全部持っていってとせがむように、拙《つたな》い言葉を繰り返す。

そうして望んだ以上に奪いとられ、秦野はもうなにもかもわからないところまで辿りつく。

「あ、も……も、どっか、いっちゃう、飛びそ……っ」

「ん……俺、も」

高く駆け上がっていくような感覚に、もう意味のある言葉を紡ぐことができなかった。濡れた目だけで限界を訴えれば、目だけで笑った真芝がその力強い動きを合わせてくる。

「すげえ、いいよ……秦野さん……っ」

「うん、うん、ふあ！　あ、つよ、いっ、……ああ、い……いく!!」

ぐん、と中にいる真芝が膨れあがったあと、奥に当たる熱いものがあった。ぐしゃりと身体ごと溶け崩れた気がした秦野は目を瞠った。

全身を強ばらせて、声もないまま激しく腰を上下させる。注ぎこまれてくるものの代わりのように、震え続けた秦野の性器からも白濁したものが溢れ続けた。

「は……っ」

気づけば肩口に顔を埋めた真芝が荒い息を整えながら、秦野の顔を何度も拭っている。ひく、と喉が鳴って、ようやく自分が泣き続けていたことに気がついた。

「ほんとに飛んでたね」

瞬きもしないから心配したと、声をかけた男はほっとしたように笑う。精悍な顔に浮かんだその笑みに、秦野ははっとなった。胸が震えるような眼差しで見つめられ、痺れた腕をどうにか伸ばし、その首筋に縋らせる。

「どうしたの？」

力ないそれでは触れるのが精一杯で、真芝の支えがなければ抱きつくのも難しかった。言葉にできないままの望みを察して包んでくる腕に、先ほどとは違う意味で泣きそうになりながら、秦野はどうにか震える唇を開く。

「真芝、あの。あんまり……顔とか見ないでくれ」

恥ずかしいんですかと、いまさらのそれに笑った真芝にこそ、秦野は羞恥を覚えて唇を噛む。

以前にはずっと、見つめていてほしいと願った。強い視線に胸が疼いて、離れたくないその気持ちは変わらないけれども、いまはそれよりも。

「それも、だけど。い、……いつもおまえ、かっこい……、から、俺」

「——え？」

好きになりすぎたかもしれない。目が合うとそれだけで、くらくらして、息がつまって、思考能力が一気に低下する。まさにその状態のまま、秦野は乱れて混乱する心情をついに打ち明けた。

「な、なんか、見られるとどうしていいかわかんなくて、叫びそうになる」

言ってしまった、と羞恥で身悶えながら秦野が唇を噛んでいると、真芝もまた無言のままだ。呆れただろうか、と思いながらそっと窺うと、大きく息をついた真芝が肩を押さえてくる。

「あ、……えっ!?」

「ごめん、ちょっと、だめだ」

びくっと竦みあがったのは、まだ体内にいた彼が急激にその角度を変えたせいだ。おまけにそのまま、了承を取ることもしないまま動き出されれば、感覚に意識がついていけない秦野はただかぶりを振るしかない。

「うそ、また……っあん、ああ、なにっ、きゅ、急……っあ、いや！」

「唆したのそっちでしょう……もう。ほら、こっち向いて秦野さん」

「いや、あ、見る……なって、やだっ……あ、いい」

逃げまどう頬を両手に摑まれ、じっと目を覗きこまれながら腰を使われた。

なにを感じなにを考えるのか見透かされるようで恥ずかしいのももちろんだが、間近にある顔立ちの端整さにも秦野はぐらぐらと頭の芯が煮えていく。

「見な、……で、しん、しんじゃ、死んじゃう……あ、いくいく、また、いっちゃ……う」

「……俺も死にそう」

身体を揺らしながら笑って言う男に、もう脳までかき回されているような気分になりながら、秦野はいやだと泣きじゃくる。

「しん、死んじゃやだ、真芝……お、おいてかない、で」

幼いような声で告げたのは、まだ先ほどまでの恐怖感が抜けないせいもあった。言葉だけのこととわかっていても、自分から口走ったものでも、秦野はそれだけはいやだと縋りつく。

「おいてくわけが、ないでしょうが」

わけがわからない、と笑った真芝がどこか嬉しそうで、だからどんなに恥ずかしくてももう、それでいいのだと、霞んでいく頭の中でわけもなく秦野は感じていた。

＊　＊　＊

その後の調べで、警察は真芝のマンション放火も井川の犯行だったと断定し、彼は放火と真芝への傷害の二件で逮捕された。

被害者届を結局秦野は出さなかったが、小火とはいえ真芝の部屋から燃え移った部分の消火作業に、放水による被害は近隣の部屋に及び、立件しないわけにはいかなかったのだ。

同期であった男の出世を恨んだ、エリート崩れの青年が薬物による錯乱状態から起こした犯行とされ、秦野を襲ったことについては、真芝が不在のため懇意な友人宅へ押しかけたのだと読み解かれた。

井川は既に自失した状態で、取り調べにもぽつりと「真芝が妬ましかった」としか言わないままだったらしい。彼と真芝、そして秦野の間に起きた感情のもつれについては、だから現在も当人たちしか知らないままだ。

真芝も知らなかったことではあるが、異動あとからの井川の言動はやや常軌を逸したものが多く見受けられ、上層部でも既に問題となっていたらしい。証言がいくつも出たことから、S商事では速やかに彼に解雇命令を出したが、真芝については逆恨みの被害者であるため、火事の慰労金が出るという状態だった。

冷えきっていた関係の妻はこの件で正式に離婚を表明し、井川の身元引受人として求められたのは実家の両親であったらしい。放火については実刑判決が下れば最低でも刑期は五年だが、辣腕《らつわん》の弁護士をつけ心神耗弱《しんしんこうじゃく》状態での行動という線で押し、措置入院を取る方向で進んでいると聞いた。

その件を秦野に告げると、かすかに目を伏せて、そうか、と呟くだけだった。

「立ち直ってくれると、いいんだけどな」

三面記事に小さく取り上げられたそれを見つめて、哀しげに俯いたまま眼鏡を押し上げ、こっそりと目元を拭う指先に真芝はそっと口づける。

火事と事件の後始末として、真芝と秦野は少し長い有休を取っていた。ばたばたとした片づけもどうにか終わって、久しぶりのゆっくりとした時間にさした暗い影に、真芝は言葉にはしないまま、新聞を取り上げたことで忘れようと秦野に告げた。

当人にとっては衝撃的な出来事であっても、世間的にいまどきめずらしくもない事件としてあの一件は消えていく。だが、この心やさしい秦野にとって、あの出来事はしばらく痛ましい記憶として残ってしまうのだろう。

ソファに腰掛けたまま細い肩を抱いて、その痛みもともに引き受けると決めた真芝はできるだけ明るく話題を変える。

「ところで、部屋の修繕は終わりましたけど、まだしばらく家具は揃えきれないんですが」

「んー……放水で全部だめになったのは痛かったよなあ」

結局真芝の引っ越しの件は、滞りなく進められた。というよりも、移すべき荷物が全部オシャカになってしまったため、身ひとつで秦野の家に住まうことになってしまったのだ。

「今度の日曜、もう一回買い物つきあってくれます？」

「いいけど……なんか、よかったんだか悪かったんだか」

問題のひとつであった世間的な言い訳も、小火騒ぎからの一時避難ということで身をよせた友人宅で、そのままシェアすることになったという、実になんの不自然もない理由ですんなりと通ってしまった。懸念した鎌田の反応も、思い出の強い部屋にひとりでいるより、友人でも傍にいれば精神衛生上いいだろうと、むしろ安堵の面持ちさえ見せている。

事情が事情だけに秦野は複雑そうではあるが、悪運が強いのかと半ば呆れ笑うそれには、照れも多分に含まれていると、真芝は既に知っている。

驚いたことに、火事で焼け出されたと知ったミリオンの嘉島千瀬からは、見舞いとしてあちらのメンズブランドである『／M』のスーツが二着と、人気の手染めセーターが贈られてきた。

正直、秦野の家に数着置いていたほかには会社に着ていく服さえろくにない状態であったため、ありがたく頂戴することにしたが、鎌田には「よほど見込まれたな」とからかわれ、真芝は恐縮することしきりだ。

国内の既製品では実のところサイズが合わないのだが、千瀬の配慮か背の高い真芝にあわせたそれはなかなか着心地がよかった。

事件の傷跡は大きく、真芝がなくしたものは大きいけれど、それ以上に得たものもある。子ども服で有名なメーカーに持ちかけた企画書も通り、まずまず仕事も順調だ。この分ならばもう少し大きな仕掛けも任せられると鎌田にも認められ、ひとつの段階をクリアしたという手応えも感じている。

「秦野さん、眠いの？」

「んー……でも、ないけど」

なによりも、腕の中で素直に身体をもたれさせてくる秦野の、くつろいだ表情が真芝には嬉しい。心情をすっかり吐露してからは居直ったのか、以前には少しだけ遠慮がちであったかたくなな態度も、もう滅多に見ることはない。

——おまえが死んじゃったらどうしようって。そう思ったらもう、遠慮とかなんとかしてらんないって思ったから……。

火事のあった晩、もしも秦野が引き留めなければ真芝も危うかったのだと聞かされた時はぞっとしたが、しかし秦野の泣きそうな顔で告げた言葉の方が嬉しいのだからどうしようもない。

——俺、もっとわがままでいいって、結生子さんにも言われたから。

だから一緒にいてくれとしがみつく細い指と声にようやく、すべてを明け渡してくれたと知った。

そっと窺った、まだ空っぽのままの部屋には新しい壁紙が張られ、先日新規に購入した家具が来週には届くことになっているが、いまはただ真新しい塗料の匂いが満ちているだけだ。

(あの時——)

井川に摑みかかられ、何度も打ち付けられた扉は、いくら開かないまま年数が経っているとはいえあの程度では決して壊れることのないほど丈夫な造りだったはずだ。事実あれだけの乱闘を繰り広げても、近所の住人は誰も気づかなかったくらい、このマンションの壁材はしっかりしている。

倒れこんだ体勢で、軽い打撲以外に真芝にはほとんど傷もない。のしかかってきたはずの井川だけが、ガラスの破片により腕の付け根を貫いていたことを、単なる幸運と言っていいのか。

霊であるとか、オカルティックなものを一切信じない真芝であるけれど、あれは結生子の許しとそして守りであると、そう感じられてならない。

聞き及ぶだけであるが、どこか達観した包容力のある女性なら、秦野がうずくまっているのをいつまでも、見かねているとは思えなかった。

ばかな妄想と笑うのは簡単だろう。しかし、胸に満ちあふれる感謝を捧げるのならば、神よりもおそらくは、彼女にこそふさわしい。

「ほら、秦野さん。寝るならベッド」

「ん……寝てない」

舟をこいでいる小さな頭を軽く撫でると、子どものようにぐずって秦野はそのままずるずると、真芝の膝の上に身体を落とした。

「あったかいからここでいい」

「ああ、もう」

ころりと丸くなって、安心しきったような横顔を見せた秦野に嘆息しつつ、甘やかしたい男はその長い指でさらりとした髪を梳く。

昨日、結生子と両親の墓参を、ふたりで済ませた。引っ越しの報告もあったが、その場で『息子さんはもらいます』と頭を下げるにいたっては、激しく照れて怒った秦野に殴られる羽目になった。

真芝としては本気だったのだが、冗談でもそんなことを言うなとこんこんと説教され、あまりに嫌がるものだからその夜には充分に意趣返しをさせてもらった。おかげでこの日は一日、秦野はうつらうつらとして、しかし言葉ほどに怒っていないのはいまの態度で知れるだろう。

愛されたがりなのは、もう知っている。充分に大人で、時には真芝を包みこんでしまう包容力もむろんあるけれど、大事にすればしただけ秦野はやわらかく甘くなっていく。

呆れて鬱陶しいほどの愛情を注いでも、秦野にはすべて受け止められる確信がある。たとえ怯《ひる》むような顔をされても、その手を離してはいけないのだ。求めているのは秦野の方であるのだから。

長く空っぽだった秦野の部屋も、胸の中も、こうなれば自分で埋め尽くしてやろうと真芝は思う。

すべてを捧げてなお、なにひとつ奪われないこともあるのだと、秦野が教えてくれた。

真芝が傷つけ、また贖った秦野の心は、いま見せた寝顔のように満ち足りたものであればいいと心から祈り、ほのかにあたたかい小さな頭を飽かず撫で続ける。さらりとした髪から香る秦野の匂い、その甘さは、長くもがいてなお諦めずにいたからこその浄福だ。

穏やかな時間に真芝は気恥ずかしいような喜びを噛みしめ、かすかに震える恋人の睫の先にはじけた、光のかけらを眺めた。

世界のすべてがやさしいような小春日和《びより》、膝の上には恋人の重みがあって、寝息のあたたかさがこそばゆい。風光る季節を待ちながら、もう少しは微睡《まどろ》んでいたいと真芝もまた目を閉じる。

閉じた瞼をあたためる陽光は、どこまでもやさしかった。

His sweetest swain

秦野幸生《はたのゆきお》と真芝貴朗《ましばたかあき》の同居がはじまって数ヶ月。季節は夏へと移り変わり、さまざまな事柄を乗り越えた恋人同士は、実に平和な日々を送っていた——はずだった。

「誕生日？」

パスタを巻き取ったフォークを取り落としそうな勢いで、かちんとフリーズした真芝を前に、秦野はけろりと言い放つ。

「ああうん。おとといな」

「お、おとといって俺、知りませんよ！」

「そりゃ、言ってなかったし。ていうか俺も忘れててさあ……だからびっくりしたな」

けろっと笑う秦野は、教え子と同僚たちが突然行ったサプライズパーティーでもらったという、手作りのプレゼントを前にご満悦だ。

「それは……でも、知ってたらこんな」

言葉を失い、真芝は目の前の皿を思わず恨みがましく眺めてしまう。

家事を一方に負担させるのはよくないと、同居して早々に決めていた。だからその夜は真芝が食事当番で、通勤に時間のかかる彼の夕食はどうしてもパスタなどの簡単なものになりがちだった。いまふたりが食しているこれも、麺《めん》を茹《ゆ》でてレトルトのソースをかけただけの、作ったとも言えないような代物だ。

「もう少しましなものだって用意したのに」

「あ？　だって過ぎちゃってるもん、いいよ。第一おまえ、昨日まで一週間出張だったろ」

知ってさえいれば、こんな適当なもので済ませるつもりはなかったのにと真芝は呻《うめ》く。

「そういう問題じゃないでしょう！　あの夜電話だってしたのに、なんで」

「だって言ったらおまえ、仕事ほっぽって帰るとか言いそうだもん」

「あのね、そこまでしませんけどっ」

茶化す秦野へ、電話で祝いの言葉を告げるくらいはできたろうにと真芝は唸《うな》った。しかしそれに対して、やはり秦野は首を傾《かし》げ、なんでこだわるのかと目を丸くする。

「まあいいじゃん。冷めるぞ、食えよ」

「冷めるとかなんとかじゃなくて」

邪気のないその顔を見ていると、なんだか自分がばかばかしく思えて、疲れたように真芝は深くため息をついた。

（なんでこうかなあ、このひと）

おのれがいまどき恥ずかしいくらいの恋愛体質だということは真芝も知っている。しかしそれにしても、秦野はこだわらなさ過ぎだとも思うのだ。せめて誕生日くらいは、自分が一番に祝ってやりたい、そう思うのは恋人としてなんらおかしいことではなかろうに。

「あのね。教えて下さいよ、そういうのは」

「うーん、でも忘れてたしなあ」

「忘れてって、なんで去年、いやもっと前でも、――あ」

苦笑するばかりの秦野に、もっと早く言ってくれればと言いかけて、真芝は口をつぐんだ。

そもそも昨年もこの時期は仕事仕事でばたつき、とにかく同居しようと口説いてばかりの時期だったから、するする逃げる秦野に焦るあまり、うっかりスルーしていたのだ。あまつさえ、一昨年の夏の自分の所行までをも思い出せば、真芝は果てしなく落ちこみそうになった。

「そ……それどころじゃ、なかった、ですね」

「ん、まあ。あのころは、あんま話とか、してなかったし」

あの夏、真芝が秦野に強いていたセックスのみを目的とした逢瀬《おうせ》に、そんな暢気《のんき》な話を持ち込めようはずがない。悄然《しょうぜん》と肩を落とし呟《つぶや》くと、今度は秦野がため息をついた。

「ああ、やっぱり気にした」

困ったねと笑う秦野に、案の定気遣われていたことを知る。もう食欲などあるはずもなく、真芝は地の底までめり込んだままに呻いて、テーブルに突っ伏した。

「まーしば。顔上げなさい」

「いや、……ちょっとさすがにへこみます」

「俺は気にしてないってのに、もう……」

ぽんぽんと子どものように頭を叩《たた》かれ、そのあとでそっと撫《な》でられる。フォローをされてしまうことがさらに真芝に追い打ちをかけて、顔も上げられないとかぶりを振ったのだが、秦野の声はあくまでやさしい。

「俺本当に、プレゼントとかそういうの、いらないんだよ。真芝」

甘い、宥《なだ》めるようなそれがあまりに心地よくて、真芝はたまらなくなる。含まれる感情がどこかしら、寂しさを匂わせているからだ。

「去年も、一昨年も、同じようなもの、子どもたちにもらってさ。でも、そのうちの大半の子はもう、卒園してっちゃったんだ」

だから、モノだけ残るそんなプレゼントは、嬉《うれ》しいけれどちょっと複雑なんだと、秦野はかすかに笑って告げた。失われるものに過敏な彼の言葉に、真芝はそっと顔を上げる。

「でもさ。なあ。……来年もあるだろ?」

おまえは来年もここにいるだろうと、からかうように——けれど少しだけ、確かめるように告げられて、髪を撫でていた指を真芝は摑《つか》む。

「来年も、じゃないです。これから毎年、だから」

「うん」

「来年からは、絶対出張なんかいれないし、俺が一番におめでとうって言いますから。だめですよ、保育園のパーティー優先したら」

「うん。いいよ」

しつこい念押し、甘えた形で告げたそれに、ほっとしたように綻《ほころ》ぶ小さな唇が愛《いと》おしかった。ふらりと誘われた気がして口づけようとすると、秦野の手のひらがそれを制する。

「それは、食事終わったらな」

「……はい」

保育士の先生は躾《しつけ》に厳しい。苦笑して頷《うなず》いた真芝がフォークを手にすると、既に食べ終えた皿を片づけはじめる秦野が、ぽつりと呟いた。

「――いても、いなくても、同じだったぞ」

「え？」

「誕生日の夜さ。おまえいなくて、でもいたらやっぱり、なんだかんだイベントみたいなことするんだろうなって、思って。……結構それで、考えるだけで楽しかった」

なんとも欲のないことを言った秦野に、今度こそ真芝は呼吸が止まりそうになる。

（ああもう絶対、来年から、この日は出張入れない……）

ついでにいっそ秦野に休みも取らせよう。新しい年齢になった彼を誰にも渡さないで、好きな食事と酒を与えて喜ばせて、そのあとは腕の中で朝までずっとかわいがりたい。

（このひとに泣かれても叱られても聞くか。絶対やってやる）

ものすごい勢いでボルテージを上げた愛おしさに、頭がくらくらすると思いつつ、真芝は冷めたパスタをかきこんだ。

（くそ。いまからだっていいくらいだけど）

惜しむらくは明日、秦野は出勤日のはずだ。出張の代休で休みになる真芝とは休日が重ならず、となればベッドのことはお預けにするしかないだろう。

（このところ、そんなんばっかだなあ……）

正直言えば、同居してからセックスの回数はかなり減っている。異動になった企画開発部では催事関係の仕事がしょっちゅうで、真芝は北から南へと飛び歩くことが多くなった。秦野は秦野で、春から任されたクラス担任の重責に結構疲れていてお互いそんな気分にもならぬままで、一緒のベッドで寝ることも少ないくらいなのだ。

「ほい、お茶。テレビ見るなら、あっち行くか？」

「ああ、ありがとうございます」

それでも、静かに微笑《ほほえ》んだままの秦野が目の前にいるこの生活に、なにも不満はない。見たいニュースがあるからとリビングに移動し、隣に座る。仕事に疲れて帰ってきた夜、特に会話がなくとも、ほんの数時間を秦野と一緒に過ごすだけで、心が落ち着いてほどけていくのを真芝は感じている。

かつての誰かと恋をした頃には知らなかった、この穏やかな甘さは面はゆくも幸福だ。

「あ、な、なに？　急に」

「いえ、なんでも」

なんだか胸がつまって、前置きなくぎゅっと抱きしめると、照れたような驚いたような顔をしてみせた。相変わらず慣れない反応に真芝はそっと笑いかけて、「あとで」と言われた唇を、やわらかに塞《ふさ》いだ。


久しぶりに一緒に寝ようかと誘ったのは真芝の方だった。出張あけでしばらく触れられずにいた秦野の体温を抱きしめ、ほのぼのとした生活に感謝しながらの眠りは、おそらく最高のものであろうと思えたからだ。

めずらしくぴったりと寄り添ってきた秦野もきっと同じ気持ちだろうと思っていたのだが、どうも寝苦しそうに先ほどからもぞもぞしている。

「狭いですか？」

「んー……」

正直、くっついて眠るのは疲れることもある。相手の頭が腕に乗っかれば翌日の腕の痺《しび》れは確実だし、それでも真芝としては、精神的な充足感には代え難い。だが、秦野が寝苦しいようでは仕方ないしと、別のベッドに移るよう告げるつもりで口を開けば。

「なあ、真芝……」

「はい。……え、あ？」

とろんと甘い声が胸元に顔を埋《うず》めた彼の口から零《こぼ》れ、ややあっておずおずとこちらを窺《うかが》ってきた目は潤んでいる。

（あれ、これは……発情してる顔だ）

いきなりどうしたのかと戸惑った真芝をよそに、ひどく悩ましい吐息を零した秦野は、首筋に唇をすりつけてくる。

（あ……そうか）

そういえば先ほどリビングで口づけた。真芝としてはやわらかい感触を味わうだけでも満足だったのだが、秦野はそもそも真芝のキスにひどく弱い。

（あれでスイッチ入ったかな……）

キスどころか、考えてみればあんな風に抱きしめたのも久しぶりだ。本音で言えば真芝もその気になりかけたのだが、明日のことを思って必死になんでもない顔を取り繕った。

「明日、仕事でしょう？」

窘《たしな》めるように告げると、うう、と秦野は不満そうに唸る。恨みがましいような上目遣《うわめづか》いに反応しかける腰をそっとずらして、真芝は薄い背中を叩いた。

普段なら照れ屋の恋人は、求めたことに羞恥《しゅうち》を覚えるようで、それでふっと口をつぐむ。

だがどうも、この夜の秦野は引っ込みがつかなかったようだ。

「い、……入れなかったら、いい、から」

ちょっとでいいから触って、と腰をすり寄せてくるそれに、真芝は横たわったままだというのに眩暈《めまい》を覚える。

「あの、……いや、でもまずいでしょそれ」

「だめ、か……？」

震える声の誘いに、どうやったら抗《あらが》えるのだろうか。しかもそのほっそりした脚の間にあるものは、既に湿った熱を孕《はら》んでいると、布越しの感触にもわかるのだ。

（これじゃもう、つらいだろ……）

これで放っておいたら、気まずいのは秦野の方だ。自分の欲求はまあ、我慢すればいいことだろうと真芝はひとつため息をつき、できるだけやさしく囁《ささや》いた。

「じゃあ……秦野さんだけ、ね？」

「ん、あんっ」

宥めるように頬《ほお》に口づけ、そろりと下着の中に手を滑りこませた。もうそこはしっとりと濡れていて、触れた瞬間には細い腰がひくひくと前後に跳ねている。

「ああ、やぁ、……まし、ばぁ……っ」

「ちょ、っと！　俺は、だめだって」

「だって、俺だけやだ……それに、これ」

勃《た》ってるくせにと、同じような状態になっているそれをいきなり摑まれ、真芝はひくりと息を吞《の》む。華奢《きゃしゃ》な指はその見た目の清潔さを裏切り、ずいぶん淫《みだ》らに真芝を擦《こす》りあげてきて、仕方のないと息をついた。

「っとに……触る、だけ、ですよ」

「んん」

こくこくと頷き、うっとり潤んだ目で秦野は自分の握りしめたものを見つめている。こうなったときの彼は、真芝でも手に負えないような淫蕩《いんとう》さを見せる。嬉しくもあるが、複雑だ。

「あ、あ、あ、……あん、い……っ」

耳元で忙《せわ》しなく、甘ったるく喘《あえ》がれる。互いに焦《じ》れながら敏感な性器を弄《いじ》りあって、時折唇や耳に嚙《か》みつきながら、もどかしさゆえに高ぶる欲情を、真芝は唇を嚙んで堪《こら》えた。

（くそ……入れたい……）

軽く手をあてがっただけでもわかる、小さな尻《しり》の震えにぞくぞくして、しかしそればかりは堪えねばと思ったのもつかの間。すんすんと鼻を啜《すす》っていた秦野が濡《ぬ》れた声で、また爆弾発言を落としてくるのだ。

「ま、真芝……、なあ……指で、いいから」

いじって、などと涙目で言われてしまえば、抗うのも本当につらいのに。

「あのね。……それはだめだって」

「やだ、指……なあ、うしろ……っ」

「ああ、もう……！」

震える手が真芝のそれを掴み、自分の下着の中へと差し入れていく。添えられた細い指の湿った熱、やわらかな肉にも結局は負けて、望んだ通りに穿《うが》ってやれば、案の定。

「あ、もっと、もっと奥……っ」

「も、っとってこれじゃ……これ以上は」

ものすごい勢いで指を締めつけ、そのくせとろんと溶けきった秦野のそこは、さらなる刺激を求めて蠢動《しゅんどう》をはじめた。

「んーんっ、だってここ、うずうず……っ」

「だめです。しません。指だけの約束」

「や、ん……ほしっ、欲しい……っ」

正直、真芝もとうに限界で、なけなしの理性はぐらぐらと傾く天秤《てんびん》から既に零れかけている。それでも明日は仕事でしょうと窘めることで、どうにか踏ん張っていたのだが。

「じゃ、じゃあ……たんじょ、び」

「――はい？」

我慢できない、入れてほしい。蕩《とろ》けた声でねだられて、それでもだめだと言い張っていれば、ついに秦野は奥の手を出した。

「なあ、誕生日の、プレゼント……なあ？」

「な……ここで、それ言いますか!?」

「だって、くんない……」

なんというものをねだってくれるのかと、真芝は遠い目になった。そんなものがプレゼントになるわけもなく——なにしろしたいのはこちらの方だ——しかし、告げる秦野は真っ赤な顔で、必死にせがむ。

「なあ、プレゼントで、いいから……っ、入れて、ここ、ここうんと、して……？」

「秦野さん、あのねえっ？　いい加減に」

「気持ちいいの、うんと奥まで来るやつ……あれで、こすって……っ」

半ば泣きながらの誘惑は、あまりにも淫らだった。指を飲みこんだ小さな尻を揺すり、寝間着の中でひっそり硬くなってきた胸の先までを真芝に擦りつけてくる。

「こ……この……！」

ぶっつりと、我慢に我慢を重ねた真芝が切れても、もう仕方のないことだったろう。

「ああくそ、知らないからな、もう！」

「……っふあ、あぁあん！」

真芝は叫ぶなり、がばっと上体を跳ね上げ、秦野の下肢から衣服をすべてむしりとった。

予告もないまま、思い切り広げさせた脚の間に腰を進めて、しかし上がったのは拒否のそれではなく、悦《よろこ》んで濡れきった嬌声《きょうせい》だ。

「あんた、どういうやらしい身体《からだ》してんだよっ！　ひとがせっかく、我慢したってのに！」

「うぁ、ごめっ、ごめん……っああ、いい！」

あげく久々に聞かせる、怒ったような声の揶揄《やゆ》にさえ泣きじゃくって感じてさらに腰を振るのだ。まったく手に負えないと、真芝は靄《もや》のかかったような頭で散漫に思う。

そしてまた、拒めない自分の弱さにも、なかなか情けないものはあるが、いまはもう溺《おぼ》れてしまえと思う様、細い身体を揺さぶった。

「もう、ゆき先生は明日休み。いいね？」

「んっ、ん、そ……だって……んぁっ」

こうまで激しくして、明日秦野が立てるわけもない。もう止まらない以上それは諦《あきら》めろと告げると、一瞬だけ正気づいて反論しようとするから、真芝は意地悪く腰を退いた。

「だめならもう、してやらない」

「いっ、やだっ、休む、休むからっ、も、もっと、そこっ……あぁ！」

縋《すが》りついて、だからもっとと腰を上げる瞬間に深く、欲情を叩きつけてやりながら、普段のこともこれくらいストレートにねだればいいのにと真芝は思う。

（こういうときだけは素直だからなあ……）

秦野に言うことを聞かせるのには、結局セックスが一番手っ取り早いというのも、真芝にはなかなか情けない現実ではある。

こんな形で甘えるばかりでなく、たまにはもう少し、素直に愛されてほしいものだが。

それも多分、これからの日々の積み重ねだ。

毎年のアニバーサリーをちゃんと祝うこと、その一番の権利が真芝にあること。その事実が当たり前になるほどに、秦野に自分の存在を慣れさせるしかないのだろう。

（諦めがよすぎるんだ、このひとは）

忘れていたなどと、寂しい目のまま笑って誤魔化させはしない。一緒にいたらどうしたかなどと、実現しなかったＩＦを考えて楽しかったなどと、これからは言わせない。

そこにいる真芝と、共有する時間を、徹底的に与えてやるのだ。まずは明日から。そして秦野が、恋人の不在に不満を持ち、駄々をこねるくらいになればいい。

いつか、真芝といることが呼吸するように当たり前なのだと、自然に思えるその日に、怒ってくれればいい。

「明日……もっとちゃんとした食事用意するから。買い物してくるから、その間は寝てて」

「んん、な、にぃ……？」

それから一日、俺のことを好きに扱いなさいと真芝は苦笑して告げ、もう聞いてはいない秦野の虚ろな目を、口づけで閉じさせた。

Couldn't be better

にぎやかな音楽、ざわついたひとの話し声。土曜日の大型家電量販店のなかは、熱気と活気で溢《あふ》れていた。

「うわ、すっごい人出だな」

「ですね、やっぱり午前中に来ればよかったかな」

秋晴れの、空気が澄んだある日、秦野幸生《はたのゆきお》と真芝貴朗《ましばたかあき》は連れだって新宿に出かけていた。めずらしく秦野が土日の連休が取れたためだが、あまりの人混《ひとご》みに目を丸くしつつ、秦野は長身の恋人の背に守られるようにして足を進める。

「なあ、真芝。やっぱり、通販でよかったんじゃないか？　あるだろ、テレビショッピング」

「だめですよ。実際にものを見てみないと、わからないこと多いんだから。とくに液晶ディスプレイは、表示されてるところ確認しないと」

ふたりが買いに来たのは、リビングに置くテレビと掃除機、それから洗濯機と、ノートマシンだ。同居して一年以上が経過したいま、一斉にこれらを買い直す羽目になっているのは、間がいいのか悪いのかと秦野はため息をつく。

「冬のボーナスはこれで消えるなあ……」

なぜか電化製品というのは、同じような時期にいっせいに不具合を起こす。まずテレビがおかしくなり、続いて掃除機がうんともすんとも言わなくなった。秦野が結婚したときから使っている洗濯機は、本体こそ無事だが排水のホースが劣化によって破れ、先日など、あわや部屋中を水浸しにするという大惨事が起きかけたので、いっそ買い換えるかとなったのだが。

「俺がテレビと洗濯機買いますから、秦野さんは掃除機とノートね」

「……なあ、やっぱ、おまえのほうが高くついてないか？　それ。ノートは俺が仕事で使うわけだし、別に中古だっていいって言ったのに」

家を出る前から繰り返した話を蒸し返すと、真芝はがんとして譲らなかった。

「大型ワイドビジョンのが欲しいのは俺だし、洗濯もいまは俺が当番でしょう。俺が使うものを俺が買うんだから、いいんです」

「でも、ふたりで使うのに」

「だから、ふたつずつ分担。さ、まずは家電コーナーからいきますよ。さっさとすませて、さっさと帰りましょう。夜になったらますますにぎわうんだから、この街は」

買い物は上層階からまわって順にすませるのがよいと、真芝は大きな手で背中を押す。はいはい、と苦笑しながら、秦野はふと思いついたことを口にした。

「そういや、おまえと最初に会ったのも新宿だっけな」

「……その話は忘れてください」

相変わらず、出会いの話になると真芝は苦い顔をする。秦野としては、過去の経緯があってのいまだと思っているのに、いまだにあのころの自分を彼はあまり好きではないらしい。

「あっ、ケータイも買い換えたいかなあ。どうしよう」

基本的にひとが好きな秦野は、こういう人混みでも案外平気だ。どころか、にぎやかな場に来るとなんとなく気分が浮き立ってしまい、あちこちへと目をやっては浮気なことを言う。

苦笑した真芝が、目的をさきに果たせとうながした。

「それはあとでね。まずは洗濯機、最上階でしょう」

「うん。あーでも、あれいいかも……」

窘《たしな》められても聞けず、秦野は機嫌のいい顔で視線をうろつかせた。まるで子どものような落ち着きのなさに、真芝は堪《こら》えきれずに噴きだした。

「ゆき先生、ちゃんと引率されてくださいよ」

「え、だって、なんか、楽しいじゃん」

家電だとか電化製品だとかを買うとき、なんとなく楽しくならないかと問うと、わかるけれど、と真芝も相好《そうごう》を崩す。

「まあね、オトコノコですからね。電器関係は血が騒ぐけど」

「……べつにオタクじゃないぞ」

「知ってますよ。いまだにウインドウズのOSがなんだかもわからないひとが、オタク気質があるなんて思いません」

指摘され、秦野はむっと唇を尖《とが》らせた。にやにやしながら、昨晩の話を真芝は蒸し返す。

「だいたいね、同僚のひとの中古マシン譲ってもらったって、二世代前の型落ちでしょう。あの機種じゃあ、もう使いようもないって言っても、意味わからなかったくせに。あれはもう、サポート対象外ですよ？ すぐ壊れたらどうするの」

「だって、滅多に使わないかもしれないし……」

「書類のとりまとめが、主任昇格した秦野さんのお仕事になるんでしょう。マシンに慣れてなきゃ困るから、買うことにしたんだし。そもそも周辺機器もつけるんだったら、新しいの買っておくのが無難ですよ」

そもそもあのOSは動作が安定しないんだし、と言われても、なんのことやらわからない秦野は、眉をひそめて頷《うなず》くしかない。意外に不器用なうえ、徹底的な機械オンチの秦野が困り顔をするのを見おろし、真芝はやわらかに微笑《ほほえ》んだ。

「とにかく、セットアップまでは俺がしてあげるし、使うソフトのインストールもしてあげるから。そっちは俺に任せて、秦野さんはお財布の口だけ開けてください」

「はいはい、わかりました。お任せします」

「その代わり洗濯機と掃除機は選んでくださいね。俺はそっちの選択基準がわからないので」

得意分野で、お互いに。そう真芝が微笑むから、秦野も眉間《みけん》の力を抜いた。

いずれにしろ、ふたりで使うものだから、ふたりで選ぶ。それもまた楽しいのだと口元をゆるませていると、見あげた真芝もまた、ずいぶん機嫌がよさそうだった。

「なんだかんだ、おまえも楽しそうじゃんか」

「え？　そりゃまあ、秦野さんとデートできれば、俺はいつでも嬉《うれ》しいですよ。それに洗濯機とか一緒に選ぶの、なんか新婚みたいでよくない？」

けろっと言われて、瞬時に秦野は赤くなる。なにが新婚だと口のなかで呟《つぶや》く。

「デートってさ……おまえ、同居してもうずいぶん経《た》つだろ。なにが新婚だよ」

「俺的には、ずっと新婚でいいですけど」

どうしてそういう恥ずかしいことを、真顔で言えるのか。頭が痛いと呻《うめ》いて、火照《ほて》った頬《ほお》を秦野は押さえた。この場合なにが恥ずかしいかと言えば、けっこう喜んでいる自分が、だ。

「もう、さっさと行くぞっ」

「はいはい」

くすくすと笑いながら、うしろをついてくる背の高い男が「照れなくてもいいのに」と呟いたのはこの際、無視する。ずかずかと足を進め、エスカレーターで四階のパソコン売り場まで辿りついたとき、踊り場のあたりで「あれっ」という声が聞こえた。

「ね、もしかして、タカアキさんじゃない？」

「え？」

その声に足止めをくらい、ふたりはうえにのぼっていく列から離れた。そして、声をかけてきた若い男が手を振る姿に真芝は一瞬目を眇《すが》め、ややあって「ああ」と声をあげた。

「アツシか。なんだ、偶然。ひさしぶりだな」

「あーやっぱタカアキさんだ。ひさしぶり！　元気だった？」

「まあなんとかな。そっちは？」

「元気元気、このとおり」

アツシと呼ばれた青年は、見た感じ真芝より五つ六つ下、二十代のなかばといったところだ。茶色い髪をセンスよくまとめ、ファッションも派手ながらうまく着こなしている。背もかなり高いが、全体にすらっとした、きれいな男だった。

「最近、ぜんっぜん見なかったからさ。ちょっと心配してたんだよ」

「……心配することねえから、見なかったんだろ」

くすりと笑う真芝は、あっさりしたシャツにジーンズという、あまり気取ったところのない服装だった。だがそのシャツ一枚でもかなりの値が張るのは知っている。さりげないからこそ彼のスタイルのよさが際だつ。

（もしかして、二丁目の知りあいかな）

並び立ったふたりを眺め、なんとなく秦野は察した。真芝と知りあってから、妙にそのへんの鼻がきくようになったのだ。しかし確信も持てず、秦野がどうしていればいいものかと迷っていると、アツシはけろっとこう言った。

「あっごめんね。ひょっとしてカレシと一緒？」

「うん、そう」

数歩離れた位置で見守っていた自分にいきなりふたりの視線が集まる。一瞬たじろぎ、またあっけらかんとしたアツシと真芝の言葉にも面くらいつつ、秦野はぺこりと会釈した。

「どうも。えっと……アツシさん？　俺は……」

「こちらはユキオさん。俺の恋人。んでついでに同棲中」

「……です」

自己紹介する前に、真芝が紹介してのける。こんな場でいきなり恋人宣言か、と秦野はさらに赤くなったが、買い物にまっしぐらのひとびとは、踊り場で話しこむ男三人など見てもいない。そして他人の目より、真芝の発言にぴくりと反応したアツシに、秦野は驚かされた。

「え、っと。ユキオ……？　でも、だって」

「うん。でも、彼じゃない」

堂々と告げた真芝と秦野の顔を見比べ、そのあとで本当にほっとしたように――そして少し羨《うらや》ましそうに、彼は微笑んだ。

「え……あ、そうなんだ。そっか。そっかあ……タカアキさん、だからかあ」

アツシの不可解な反応と表情に、秦野は首を傾げて問いかける。

「あの、なにか？」

「ううん。俺、さっき一瞬、声かけるの迷ったんですよね」

なぜ、と目顔で問えば、言っていいんだろうかとアツシは真芝を見る。軽く眉《まゆ》をあげ、好きにすれば、と真芝もまた顔で答えた。

「んとね。なんかタカアキさん、雰囲気違ったんだ。まあ、こんなイケメンそうそういないんだけどさ、一瞬、違うひとかなあって思うくらい、印象も違ったから」

「そうなんですか？」

「うん。前のタカアキさんなら、俺が声かけたって、無視したっしょ？」

ね、と真芝にふると、彼は無言で肩を竦《すく》めた。このやろう肯定したなと秦野は少し呆《あき》れた。

それに実際、かつての真芝であれば、一瞥《いちべつ》して通りすぎるくらいのことはしそうだとも思う。

だが、それよりも秦野は、ふふっと笑ったアツシの言葉には赤面しそうになった。

「なんかね、楽しそうだった……っていうか、幸せそう？」

アツシはいたずらっぽく真芝を見る。冷やかされ、うろたえるかと思ったけれど、真芝はまったく動じることなく、言った。

「まあ、幸せにしてもらってるからな」

「うわあ、ごちそーさまですう」

おなかいっぱい、とうんざりした顔をしてみせるアツシは、だがすぐに表情をあらためた。

「えっとユキオさん？」

「あ、はいっ」

「こっちはこんな感じだけど。あなたは？　Are you happy?」

照れてしまうような問いかけを、茶目っ気のある笑顔で――けれど声だけは真摯《しんし》に投げられて、やっと鈍い秦野も気がついた。ユキオという名前に反応したということは、彼はかなり真芝に近しい存在だったということだろう。

井川悠紀夫《いがわゆきお》――秦野が真芝に出会い、ややこしい関係に陥ったきっかけになったあの男の詳細は、ふたりとももはや知らないままだ。

思い返せば、まだ痛みもある。けれど秦野はあえて、にっこりと笑ってみせた。

「俺も、幸せにしてもらってます」

その言葉に、真芝は一瞬目を瞠《みは》り、そして滲《にじ》むようにやさしく微笑んだ。アツシは今度は、冷やかしさえも口にせず、ふうっと苦笑の混じった息を吐いた。

「うん。ならいい。よかった」

本当によかった。小さく繰り返した彼に、真芝はふっと問いかける。

「おまえはどうなんだ？」

「ん？　まあぼちぼち。真実の愛を探してさすらってますよん。つか、俺にそんなこと訊《き》くなんて、ほんとに変わったねタカアキさん。……あー、いい、いい。コノヒトのオカゲとかそういう甘い言葉はノーセンキュー、トゥーマッチ、ギブアップ」

うえっと舌を出してみせるアツシに、しかし真芝は動じもしない。

「もう言わねえよ、もったいないから」

「なによ！　結局ノロケてんじゃないのよ！　むかつくっ」

むきい、とわざとオネエっぽく歯を剝《む》いて、アツシは身を揉《も》んだ。

「あーもう、これだからバカップルってヤダ。さっさと新しいＰＣ買って、ネットの世界ででも出会いを求めることにするよっ」

「そうしろそうしろ」

「そうしますよ。くそ。じゃあねタカアキさんっ。ユキオさんもバイバイ！」

「あ、はい。失礼します」

声をかけてきたときと同じく、唐突に身を翻したアツシにあっけにとられていると、傍らの真芝が苦笑して肩を叩《たた》いてくる。

「俺らも行きましょうか」

「あ、うん。なあ、あの、いまの」

「まあ、昔の知りあいです。行きつけの店が一緒でね」

さらりと答える真芝に、秦野は微妙な気持ちになった。あっさりと紹介してみせるあたりはやましくないからだろうと思うものの、どうもフリーセックス的な概念の強い遊びかたをしてきた真芝と秦野の貞操観念はかなりの隔たりがあるので、いまいち確信が持てない。

悶々《もんもん》と悩みつつ、しかしエスカレーターの前後に並んだ状態で、さきほどの話を蒸し返すわけにもいかない。最上階に着くまで無言だった真芝は、パソコン売り場に比べればだいぶひとの少ない家電フロアに降り立ったとたん、そっと身を屈《かが》めて耳打ちしてくる。

「言い訳がましく聞こえたらどうしようかと思ったけど、心配させるのはもっといやだから、一応言っておきますね。……寝てないからね？　あいつもタチなんで」

「あ、そ、そう。きれいな顔なのに」

ほんとに知りあい、と目を見つめて念押しをされ、秦野は少し恥ずかしくなった。複雑な気分は顔に出ていたのだろう。そうでなくとも、真芝は秦野の気配を読むのがうまい。逆はまだなかなかなのに——と少し情けなく思ったせいで、答える言葉はとんちんかんなものになってしまった。秦野はいささか赤くなりつつ、さきほど呑みこんだ疑問を口にする。

「なあ、ところでなんで、俺のことユキオって紹介したの」

出会いから名字を呼んでいたというだけではなく、ファーストネームは思い出すことも多すぎるせいか、関係が近しくなってもいまだに真芝の呼びかけは『秦野さん』だ。おまけに、名乗ろうとした秦野を途中で遮ったのも、案外礼儀正しい真芝にはめずらしいと首を傾げると、少しだけ彼は苦い顔になる。

「ああいう知りあいはね、フルネームなんか明かさないんです。俺も、アツシの本名がなんで、なにをしているのかも、ろくに知らない。どういう字を書くのかもね」

「えっ、そうなのか？」

「まあ、いろいろ……嗜好《しこう》が、社会的にまずいところがあるでしょ。よっぽど親しくならない限り、素性なんか知らない、詮索《せんさく》しないのがルールなんですよ」

知らなかった、と秦野は目を瞠った。そして、そんなルールがあの世界にあるのなら、はじめての夜、職場の名刺まで渡してみせた真芝の行動が、どれだけ自暴自棄だったのかというのもいまさら思い知る。

「もし秦野さんがあの場で、保育士だなんて名乗ったりして……アツシはそんなことはしないとは思うけど。なにかあったら、俺はやりきれないので」

「うん。心配してくれてありがとう」

だいじょうぶだから、と背中を叩く。基本的にひとの善良さを信じたい秦野には、いまの話はいささか重たいが、真芝の言うようにアツシという青年はそう悪い人間だとは思えなかった。

「でも、彼もおまえのこと、心配してくれてたんだろ？」

あの驚きようは、そういうことなのだろう。そっと問いかけると、真芝は一瞬苦い顔をし、そのあと照れくさそうに肯定した。

「まあ、たぶん。いろいろ……荒れてたところを、知ってるやつだから」

「そっか」

声をかけたら無視されるかと思っていた、とアツシは言った。それでも、声をかけてくれた。幸せですかと問いかけてくれた。その程度にはきっと、友情を感じられていたのだろう。

「メールアドレスでも聞けば、メル友とかになれたんじゃないのか？」

「やですよ」

即答に、なんで、と秦野は目を瞠る。すると、いきなり真芝は憮然《ぶぜん》となって言った。

「あいつのタイプはモロに秦野さんなので。牽制《けんせい》の意味もこめて、恋人だって言いました」

「タイプって……そうなのか？」

「そう。アツシは細くて童顔で華奢《きゃしゃ》なタイプをかわいがるのが大好きでね。だから次に会っても、ついていかないで？」

それ以前に会うことなどないと思うが、と秦野は目を眇めた。たいがい悋気《りんき》の強い男は、やっぱりいろんな意味で秦野に対してフィルターがかかっていると思う。

「でもさ、そういえばたしか、俺っておまえの好みじゃなかったよな、ぜんぜん。背が高くて派手めの顔で、っていう。ああ、体格もいいほうがいいんだっけ？　タイプで言えば、アツシくんのほうが好みだろ？」

井川にも、そして本人にもはっきり断言されたことがある。真芝の好みは、そういう意味ではさっきのアツシはストライクだと思ったのだが、言われた彼はひどく情けない顔になった。

「あの、それはどう受けとればいいんですかね。言外に昔のことをいじめられてる？」

「へ？　いじめ？　なんで？」

「……ああ、いえ。なんでもありません。そうですよね。あなたの言うことって裏がないから、ときどきほんとに困る……」

きょとんと首を傾げた秦野に、真芝は深々とため息をついた。そして人気《ひとけ》の少ないフロアのなか、強引に手をつないで秦野を引っぱる。

「ちょっとこっち来て」

「わ、なに」

季節はずれのエアコンコーナーの一角、死角になる棚の合間に連れこまれ、ぎゅっと抱きしめられる。こんなところでなんだと真っ赤になった秦野に、真芝はきっぱり告げた。

「いまは、なにからなにまで秦野さんが俺の好みですから」

「ま、ま、真芝」

「顔も、身体《からだ》も、声も、性格も、ぜんぶ愛《いと》おしい。こんなに愛してるひと、ほかにいない」

いきなりの甘い言葉と甘い声に、あわわ、と目をまわしそうになって、秦野は茹《ゆ》であがる。おまけに「信じて……？」と囁く声はまるっきり夜のもので、ついでに耳殻《じかく》を啄《つい》ばまれ、濡《ぬ》れた音と感触、吐息のあたたかさにぞくぞくした。

「俺が変わって見えたなら、幸せそうなら、それは全部秦野さんのおかげ。わかった？」

「わ、わかった、わかったから！」

「ほんとに？　わかってくれました？」

「いいから、そういうのは、い、家に帰ってからで、あの」

頼むから離してくれ。拝むように腕のなかで涙目をすると、真芝はにやっと笑う。

「そういう顔されるとますます離しがたいなあ」

「がたかろうがなんだろうが、離してくれっ」

「ゆき先生、日本語は正しくね」

からりと笑って、長い腕から解放される。そして、秦野は天井をあおいでほっと息をついたとたん、ぎょっと目を瞠った。

「まま、真芝。あれなに」

「ん？　ああ。万引き防止の店内チェックカメラですね」

「ばっ、ばか！　いまの映ったかもしんないじゃんっ！　さっさと帰るぞっ」

悲鳴をあげそうになって、秦野はその場から足早に逃げ出した。追ってくる真芝のほうは、脚の長さの差だろうか、足取り自体はゆったりしているのが憎らしい。

「ああいうのは時間で切り替わってると思うから、平気ですよ、きっと」

「わかんないだろ！　ああもうこの店来られない……」

「いいじゃないですか。知りあいがいるわけじゃなし、画像悪いから顔なんか見えないし」

真芝は案外神経質で、おそろしく繊細なくせに、なんでこうときどき剛胆なのだろう。駅でいきなり告白したり、道ばたで土下座して告白したり、秦野はそのたび度肝を抜かれる。

「俺は人前でラブシーン演じる趣味はないんだよ！　少しは羞恥心《しゅうち》持てっ」

懲りろ少しは、と赤い顔できっと睨みつけ、秦野は小さく叫んだ。だが、叱られたのに、なぜか真芝は嬉しそうだ。

「ふふ、はい」

「……なに笑ってんだよ」

「うん。いや、秦野さんらしいなあと思ってね。照れやさんだなと」

ゲイだと思われるとかより、人前での抱擁のほうが問題だという奥ゆかしい感性が、とても好きだと真芝は笑った。実際秦野は、さっきのアレがたとえば女性相手でも、まったく同じ反応をしただろうと自分でも思う。

「それがわかってんなら、すこしは羞《は》じらいを覚えてくれ……」

「ああ、すみません。頭で考えての行動じゃないから、つい。身体が勝手に動くんです」

「じゃあ身体で考えてくれ！　頼むから！」

もう、ゆき先生我が儘。笑われて、誰がだと長い脚を蹴《け》ってやる。

それでも笑い続ける真芝の顔が、アツシの言うとおり幸せそうだったので、秦野は結局はなにも言えなくなったのだ。

＊　＊　＊

おおかた、欲しいものの目星はつけてあったので、買い物自体はすぐに終わった。大物は配送を頼み、ノートマシンは手持ちで帰ることにして、自宅への帰途につくころには、もともとあまりあとに引きずらない秦野の機嫌は、すっかり直っていた。

「真芝、飯もうすぐできるー」

「はいはい。こっちももう少しです」

秦野が夕飯を作っている間、新しいマシンのセットアップをし、ウイルス対策ソフトの設定を終えた真芝は、軽く首をまわして伸びをした。

「セットアップありがとな。助かった」

「いえこちらこそ、ごはんありがと。……お、秋刀魚《さんま》」

「季節だよな。昨日、保育園の保護者からいただいてたんだよ。お裾《すそ》分《わ》けで」

みそ汁の具はほっこりしたさつまいもで、これは園児たちと体験学習の芋掘りをした戦利品だ。旬の具材はそのまま煮るか焼くだけで充分うまい。

「んじゃ、お疲れさん、乾杯」

「乾杯、いただきます」

炊きたてごはんもあるけれど、とりあえずの乾杯。秋味にあうビールは、一日出歩いて少し疲れた身体に染みた。

「洗濯機、明日の午前中には来るんでしたっけ？」

「うん、掃除機も。ちょうど在庫あってよかったな。テレビだけは来週になっちゃうけど」

今度の休みは水曜日だから、その日に受けとると言って秦野は秋刀魚をつついた。朝から新しい洗濯機で洗濯できるかも、とうきうきしていると、真芝が「ふうん」と微妙な返事をする。

「なに？」

「いや。じゃあ夜更かしさせないようにしないとかな、と」

いささか色っぽく流し目をされて、秦野は無言でテーブルの下の脚を蹴る。痛いよと笑う真芝に、知ったことかとそっぽを向き、赤い顔でみそ汁を啜《すす》った。

「おまえ、いつまでそういうこと言うんだよ。いいかげん俺の歳《とし》、考えろっての」

「歳といわれても、俺ももう三十になりましたが」

「だったら、なおのこと落ち着け！　おまえより、五つ上なの知ってんだろ！」

「無理。お互い、まだ枯れるには早いです」

即答するなと睨《にら》んでも、真芝はどこ吹く風だ。気持ちいいほどの食べっぷりときれいな箸《はし》使いで秋刀魚の塩焼きをやっつけつつ、さらりと言った。

「だいたい、あなたね。いまだに見た目、俺より若いんですけど」

「童顔はほっとけ。しょうがないだろ。二十代のなかばから、顔変わってねえんだよ」

「身体も若いけどね。ときどき俺のほうがバテそうですよ、あのエッチな腰使い」

「ばっ……も……っ！」

ついに秦野は言葉を失い、テーブルに突っ伏した。この手の恥ずかしい応酬で、結局いつまで経っても真芝に勝てた試しがない。ついでに言えば、ひとたびコトに及んだら、貪婪《どんらん》なのがどちらのほうかという自覚もあるので、否定できない。せいぜい、にやにやする男の脚を連発で蹴るのが関の山だ。

「いつまでもウブでかわいいなあ、秦野さん」

「おまえはいつまでもエロくさい……っ」

「そこは最初からわかってるでしょう。枯れるまではおつきあいしてくださいよ」

してくれるでしょ、と耳を摘まれた秦野が、ふてくされた赤い涙目で睨んでも意味はなかった。尖った口をあっさり盗んだ恋人は「あ、ちょっと秋刀魚の味」と笑う。

「いいじゃないですか。ベッドでも、幸せ確認させてくださいよ」

「なんだよ、それ」

むう、とふくれた顔を行儀悪くテーブルになつかせていると、つむじのあたりを長い指でつついてくる。こういうなんでもないスキンシップもすっかり馴染《なじ》んだと思いつつ、じゃれるのが好きな真芝を咎《とが》めない秦野も、もちろん悪い。

「アツシに、言ってくれたでしょう。幸せにしてもらってるって。すごく嬉しかった」

「……おまえ、それで機嫌いいの？　ずっと」

はい、とにっこり笑われたら、もう秦野に勝ち目はない。どうやったところで、この見た目も仕事もソツのない年下の男が、自分だけに甘ったれる様《さま》に、心底弱いからだ。

「手加減しろよ」

ぼそりと言えば「善処します」と、どこぞの政治家なみに信用ならない返事があった。

＊　＊　＊

そして数時間後のベッドで、秦野はやっぱり嘘をつかれたとしゃくりあげていた。

「おま……も……寝る、寝たい……っ」

ぎしりとベッドを軋《きし》ませ、背後から抜き差しをされるのにあわせて声が途切れた。はふん、とせつない息をついてシーツを掴《つか》むと、奥までしっかりはめこんだままきつく揺すられる。

「だから、寝てる、でしょう？」

「意味違うっ！　出したなら一回、抜けって、あっあっ！」

真芝とのセックスは、ここからが長い。一度目はどうしても、受け入れるのに自然な造りをしていない秦野の身体をやわらげることが先行して、真芝の気遣いに満ちたものになる。そして彼を受け入れ、ゆっくり高められて蕩《とろ》けてから、お互い深まった快楽を好きに貪《むさぼ》れる。

「あぁあ、そこ、いや、だめっ」

「だめって、がっちり食って離さないのどっち？　抜くも抜かないも、これじゃあ——」

動けやしない、と嬉しそうに笑った真芝に首筋を噛《か》まれた秦野は、甘く呻《うめ》いて突き刺さったものを締めつける。じわり、と目に涙が浮かぶと同時に、さきほど射精に導かれたそれの先端にもまた、雫《しずく》が滲んだのがわかった。そしてそれと同じ種類の体液は、繋がった場所から溢れて、放出した本人にぐちゅぐちゅといやらしくかきまぜられている。

「だいたい、お風呂でうしろまできれいにしてきたの、誰？　ゴム使うのきらいなのは？」

「だって、それは、おまえが……っ」

「俺が？」

なに、と問われて、秦野はさすがに言えるかと口をつぐむ。

いつだったか忘れたけれど、気持ちもしっかりつなげて、関係も深まってからだいぶ経ったころだ。ふとしたときに真芝がこう呟いたことがあった。

――生《なま》で出したの、あのときがはじめてだったんですよね。いやな思い出だけど……すごく、よかった。

最初の最初が強引にもほどがある――というかストレートにいって強姦《ごうかん》だったはじまりで、成り行きまかせの行為に、セイフセックスを心がけられたわけもなかった。おまけにけっこうな遊び人だった真芝は、同類たち、それが慣れた仲であったとしても、一度としてコンドームを使わずにセックスしたことがなかったそうだ。おかげであのときの秦野の身体も無事だったが、知れば知るほどディープなゲイライフは危険と隣り合わせだと思う。

むろん、お互い病気を持っていないとはいえ、本来は使ったほうがいいのはわかる。ケアをしたところで、秦野の身体に負担は大きいし、できる限りは気をつけている。

それでも、流れでもつれこんだり、興が乗っていると必ず、つけるなと言ってしまうのは秦野のほうで――それが自分だけの『はじめて』などろくにない男への独占欲に、ほかならない。

「なか出し、スキ？　いつも、出すときにいっちゃうよね」

「言うなってっ」

わけがわからなくなると毎回ねだっているらしいが、まだ正気が残っている。勘弁しろと秦野が頭を抱えると、背中からのしかかった真芝は頸椎《けいつい》をついばみながら言った。

「俺は、好きですよ。秦野さんがあったかくて、やわらかくて、すごくいい。直《じか》に感じたいから、つけたくなくなる。……ごめんね、だらしなくて」

汗に湿った髪に鼻先を埋《うず》め、頭皮にまで口づけた男の言葉に、じんと胸が痺《しび》れる。

そして結局これが、秦野なりの甘やかしだとちゃんとわかってくれるから、どうでも好きにさせてしまう。

「おまえが、いいなら、いいよ」

「あのね、ちゃんと叱って？　俺、図に乗りますよ？」

「叱ったって、聞かないだろ」

動きはすっかり中断している。下半身は繋がったまま、脈を重ねるように淫《みだ》らに疼《うず》いていて、それでも身体の興奮とは少し違うもので、胸があたたかくなった。

「俺、おまえに甘えるのも、甘やかされるのも、どっちも好きだから。いいよ」

「……秦野さん」

言葉に窮したように、ぐっと息を詰めて名前だけ呼んだ真芝が、きつく身体を抱きしめてくる。苦しいと笑うと、挿入された場所がひくつき、ふたり同時に甘くせつない息をついた。

「あー、やっぱ、もっとしたい……。ごめんね？　いい？」

「ん……いい、俺も、した、い、ぁっ」

くちゅんと音を立てたのは、真芝が揺すったからか秦野が締めつけたからか。同時にそうしてしまったから、もう共同責任だと、指を絡めながらゆったりと波のようなリズムで動く。

「真芝、起こして」

「起こすって？　このまま？　こう？」

「うん、そう……ん、んん、んっ」

背面で繋がったまま、腰を抱いて支えられ、体勢を逆転させる。寝そべった真芝に背中を向け、長い脚を摑んだ秦野は、彼が揶揄《やゆ》したとおりの腰使いで、背後の男を翻弄《ほんろう》した。

「く……あー、もうっ。俺、これ弱いの知ってるでしょうっ」

華奢な背中と尻を真芝に向け、挿入された場所を見せつけながら腰をくねらせるこれが、視覚的にも感触もたまらないらしい。おまけに動きの主導権を握るのが秦野になるので、そのもどかしさもあって真芝はされるがままになる。

「んふ、あっ、いい？　真芝、ねっ、いいか？」

「最高いい、ですよ。ったく……昼の、ウブさとギャップありすぎ」

振り返り、艶冶《えんや》に微笑む自覚もないまま問う秦野に、真芝は顔を覆って呻く。けれど、してやられてばかりは癪《しゃく》だと舌なめずりをした男は、小さな尻が上下する際、自分の性器を飲みこんだ粘膜のふちに、そろりと指を這《は》わせた。

「んぁあん！　うあ、それ、だめっ」

「だめ、じゃないでしょ。秦野さんは、入れながらここ、ぬるぬるっていじると、一発」

「ばかばか、あっあっ……！」

挿入されながらいじられると、ただでさえいっぱいになった過敏な粘膜が痺れてしまう。がくんと腰を抜かし、へたりこんだ身体を強引に半身ねじって「交代」と真芝は宣言した。

「これなんだっけ……帆掛け船？　松葉崩し？　あ、違う、鴨の入首か」

「おまっ、なにオヤジみたいな、こと、言……っあ、あふ、あん！」

「いやこの間、接待相手の部長がシモネタ大好きで。四十八手指南を受けたんで」

とりあえず秦野さんとは、死ぬまでにできることは全部試したいなどと言われて、青ざめるより赤くなるから真芝が調子に乗るのだと知っている。

「俺に負けず劣らずエッチなとこも、ほんとに好きですよ」

「うう……」

笑って頬に口づけられて、ばかと唸《うな》りながらも腰の奥が勝手に絞られた。ぴんと硬くなった胸のうえまで自由になった指でいじられ、秦野は酸欠になりそうな呼吸で快感を伝える。

真芝は出会いから考えたら、本当に明るくなったし、冗談もよく言って、からりと笑うようになった。昔の知りあいにも気軽に答えられるようになって、幸せそうに見えて——その変化が全部、秦野のおかげと微笑むなら、もう好きにしてくれとしか思えない。

「くそ。明日、電器屋さんの配送の対応、おまえが全部しろよっ」

「もちろん。洗濯も全部しておきますよ」

面倒を押しつける形で我が儘を許して、半端に絡んだ体勢が寂しいと咎めるように、男の長い指を搦《から》めとった。そしてキスを、あきるほど、ねっとり、しつこく。あとはもう、好きなところをお互いに擦《こす》りつけあって、高めて、落ちるだけ。

「で、秦野さん。ひとつ質問」

Are you happy?

アツシの真似をしてふざけてみせる、汗まみれの男前に、秦野は答える。

「とりあえずは、まあ……」

Couldn't be better.——順風満帆。

こんにちは、崎谷です。今作は『ANSWER』の続編である、二〇〇四年に刊行されたノベルズ『SUGGESTION』の文庫化となっております。前作に同じく、当時の勢いを優先し、いつものような大量加筆などは行っておりませんが、単行本未収録の短編、ならびに、大変ひさしぶりに、その後の真芝と秦野を書き下ろし、収録しております。

今回も文中の出来事や、時事的な事情は初稿当時にならった状態となっております。男性保育士の就職事情は、やはり最たるもので、ノベルズ刊行時を秦野の『現在』とした場合、彼が保育士になったのは九〇年代後期。そのころは男性保育士は間口も狭く、テレビで取りあげられるほどにめずらしい存在でした。いまや、当然の状況となっておりますが、そういうところにも時代の流れを感じます。その時系列で言うと秦野の実年齢って四〇歳近くになりまして、本当は書き下ろしは、いっそリアルに四十代秦野にするかなと考えましたが、BL的配慮として一応やめてみました（笑）。まあ、たぶん相変わらずの童顔おじさんですが。

そのときしか書けない話、というのがあると思います。秦野と真芝の物語は、その最たるもので、いま見るとたくさんの拙さがあるのですが、それもまた当時の自分であったのだな、と思っています。もしかすると真芝の未熟さがそのまま、自分であるのかも、とも。

今作もいろんな方にお世話になりました。チェック担当Rさん、ご担当様、そしてイラストを前回に同じく流用許可くださったやまね先生、どうもありがとうございました。

読んでくださった皆様に、心から感謝を。また次回作でお会いできれば幸いです。

✦初出　Addicted to U……………雑誌ラキア夏号（2001年7月）
SUGGESTION……………ラキア・スーパー・エクストラ・ノベルズ「SUGGESTION」（2004年1月）
His sweetest swain……雑誌ラキア夏号（2004年7月）
Couldn't be better………書き下ろし

崎谷はるひ先生、やまねあやの先生へのお便り、本作品に関するご意見、ご感想などは
〒151-0051 東京都渋谷区千駄ヶ谷 4-9-7
幻冬舎コミックス　ルチル文庫「SUGGESTION」係まで。

RB 幻冬舎ルチル文庫

SUGGESTION

2007年 9 月20日　第 1 刷発行
2013年11月20日　第 5 刷発行

✦著者　崎谷はるひ　さきや はるひ

✦発行人　伊藤嘉彦

✦発行元　株式会社 幻冬舎コミックス
〒151-0051 東京都渋谷区千駄ヶ谷 4-9-7
電話 03(5411)6432[編集]

✦発売元　株式会社 幻冬舎
〒151-0051 東京都渋谷区千駄ヶ谷 4-9-7
電話 03(5411)6222[営業]
振替 00120-8-767643

✦印刷・製本所　中央精版印刷株式会社

✦検印廃止

ISBN978-4-344-81103-4　C0193　Printed in Japan